ADO
L4FLA
V.2

(QC)   SF   10.95 can

J+3

La collection « Girouette »
est dirigée par Michel Lavoie

D0608643

Les mutants de l'Éden

L'auteure

Sonia K. Laflamme a une formation en criminologie. Elle a beaucoup œuvré en milieu scolaire, notamment en prévention de la violence chez les jeunes. Dès son jeune âge, elle a développé un goût pour toutes les formes d'écriture, que ce soit poésie, pièces de théâtre, nouvelles, romans, scénarios. Quand vient le temps de s'aérer les pensées et de faire le vide, elle a recours à plusieurs trucs. Elle marche beaucoup, danse le flamenco pour la passion des gestes et de la musique, fait de la boxe pour évacuer le trop-plein d'énergie, et voyage le plus souvent possible afin de s'imprégner d'autres cultures.

Bibliographie
La Prophétie de l'Ombre, Gatineau, Vents d'Ouest, « Ado », 2005.

Le Chant des cloches, Saint-Laurent, Pierre Tisseyre, « Papillon histoire », 2004.

Le Catnappeur, Gatineau, Vents d'Ouest, « Ado », 2004.

Paradigme 87, Gatineau, Vents d'Ouest, « Girouette », 2003.

Le Grand Jaguar, Gatineau, Vents d'Ouest, « Ado », 2003.

La Nuit de tous les vampires, Hull, Vents d'Ouest, « Ado », 2002.

La Malédiction, Montréal, Hurtubise HMH, « Atout fantastique », 2001.

Site Internet de l'auteure :
www.soniaklaflamme.com

Sonia K. Laflamme
Les mutants de l'Éden

BIBLIOTHÈQUE MUNICIPALE
149011
VILLE DE BLAINVILLE

science-fiction

collection G I R O U E T T E

Données de catalogage avant publication (Canada)

Laflamme, Sonia K.
  Les mutants de l'Éden

  (Collection Girouette ; 13. Science-fiction)
  Pour les jeunes de 9 à 12 ans.

  ISBN 2-89537-092-3

  I. Titre. II. Collection: Collection Girouette ; 13.
  III. Collection: Collection Girouette. Science-fiction.

PS8573.A351M87 2005   jC843'.6   C2005-940070-6
PS9573.A351M37 2005

Nous remercions le Conseil des Arts du Canada de l'aide accordée
à notre programme de publication. Nous reconnaissons l'aide finan-
cière du gouvernement du Canada par l'entremise du Programme
d'Aide au Développement de l'Industrie de l'Édition (PADIÉ) pour
nos activités d'édition. Nous remercions également la Société de
développement des entreprises culturelles ainsi que la Ville de
Gatineau de leur soutien.

Dépôt légal – Bibliothèque nationale du Québec, 2005
              Bibliothèque nationale du Canada, 2005

Révision : Michel Santerre
Correction d'épreuves : Renée Labat
Illustrations intérieures : Paul Roux

© Sonia K. Laflamme & Éditions Vents d'Ouest, 2005

Éditions Vents d'Ouest
185, rue Eddy
Gatineau (Québec) J8X 2X2
Courriel :   info@ventsdouest.ca
Site Internet :   www.ventsdouest.ca

Diffusion Canada : PROLOGUE INC.
Téléphone :   (450) 434-0306
Télécopieur :   (450) 434-2627

Diffusion en France : Distribution du Nouveau Monde (DNM)
Téléphone :   01 43 54 49 02
Télécopieur :   01 43 54 39 15

Prologue

L E VISAGE de la lectrice de nouvelles apparaît sur l'ensemble des moniteurs publics et privés du Système solaire. Malgré sa voix calme, ses yeux papillotent nerveusement et trahissent son état de surexcitation.

« Une dépêche arrive à l'instant. Nous apprenons qu'une navette a été détournée sur Terre par des rebelles armés qui étaient montés à bord lors de la fermeture de la soute. Les membres de l'équipage, plusieurs astrotouristes ainsi qu'une partie de la brigade-relève de la police spatiale, en permission de quinze jours, ont péri. L'atterrissage forcé a eu lieu au cœur des zones non protégées de la planète bleue. La fuite des rebelles s'est faite grâce à la collaboration des mutants. Sur place, la police terrienne a réussi à capturer un rebelle et deux mutants. On les soumettra sous peu à un interrogatoire avant qu'ils ne prennent la route du satellite pénitentiaire *Terminus*. Rappelons qu'il s'agit du deuxième attentat en un mois. L'astrogouvernement Union vient de suspendre les vols non commerciaux pour les prochains jours. La sécurité sera renforcée à tous les niveaux... »

Quelques images captées sur Terre défilent en silence sur les écrans. Dans le brouhaha, les policiers circulent autour de la navette enlisée dans les dunes du désert. Des corps ont été enveloppés, des blessés attendent des soins. Les trois terroristes, qui se débattent comme des forcenés, se font reconduire à l'intérieur d'un fourgon sécuritaire.

L'espace d'une seconde, au cours de la bousculade, la troisième oreille d'un mutant se détache de sa figure. Aucun écoulement de sang. La créature replace rapidement son oreille, comme si de rien n'était. L'image se fractionne et, en arrière-plan, dans le coin supérieur des moniteurs, une sphère bleutée se balance dans le ciel de la Terre pour disparaître aussitôt.

Chapitre premier

Les préparatifs

L A TÊTE sur l'oreiller, Pixie ouvre un œil. Son Jama le dévisage. Le chien automate attend impatiemment que son jeune maître se lève et prenne soin de lui.

Au lendemain de son intervention chirurgicale, le garçon s'est vite rendu compte que si la retraçabilité de sa PIP fonctionne à nouveau, la révision mémorielle a, quant à elle, échoué. Au début, il a pris un certain plaisir à imiter les simagrées d'androïde des autres colons d'Upsilon. Il s'amusait de voir à quel point sa société sous cloche ne se doutait pas des réelles pensées qu'entretenait son esprit mal reprogrammé. Mais, peu à peu, son mépris des phrases prévisibles, des comportements uniformes, était remonté à la surface. Et plus son départ pour la station spatiale Prima approche, plus l'impatience l'envahit.

– Caresse-moi, supplie le Jama d'une voix plaintive.

– Tu n'es rien qu'un dépendant affectif, va ! souffle le maître avec dépit.

Il câline l'automate d'un air distrait et finit par se lever. Il passe dans le cube sanitaire puis s'habille. Son Jama sous le bras, il rejoint ses parents et sa sœur Cookie qui prennent le petit déjeuner.

– Bon matin, Pixie ! l'accueillent-ils d'une voix enjouée.

– Bon… matin.

Personne ne remarque l'hésitation. Il s'assoit et mange le repas léger.

– Alors ! fait le père. Le grand jour arrive bientôt !

Cette fois, le garçon n'éprouve pas la moindre difficulté à sourire. Ses prunelles brillent d'un éclat vif.

– Oui, répond-il avec empressement. J'ai hâte de partir.

Aussitôt, il regrette le dernier mot. Sa mère hausse un sourcil. Afin de la rassurer, il ajoute :

– C'est pour la bonne cause !

– Mais un mois, dit la femme après avoir avalé une bouchée, c'est long pour un jeune de ton âge.

– Maman, si je veux devenir Jeune Délégué unioniste sur Mars, je dois nécessairement participer au stage.

– Moi, je ne m'en plains pas, intervient Cookie qui esquisse un sourire. J'aurai la chambre pour moi toute seule.

– Attention à ce que tu dis, l'avertit Pixie d'un air bonhomme. On pourrait penser que ta PIP fait défaut.

Malgré un fond de vérité, la petite famille rit de bon cœur. Chacun range son assiette, puis quitte l'unité d'habitation.

Dans l'aire de stationnement, le jeune Sélène déverrouille sa trottinette électrique. Il grimpe sur l'étroite plateforme et s'élance à travers les nombreuses voies de communication qui convergent vers le parc central, sous le grand dôme. Comme toujours, il salue de la tête les colons qu'il connaît. Il fait attention à ne pas rouler trop vite et laisse ses mains bien rivées au guidon, même si dans son for intérieur, il rêve d'exécuter quelques cabrioles.

Avant de franchir le secteur académique, il retrouve son amie Zaza au parc. En compagnie de sa complice, il peut enfin retirer son masque de colon soumis et mettre son âme à nu.

– Je n'en peux plus ! laisse-t-il tomber.

– Moi non plus, lui confie-t-elle. Mais tenons le coup.

Pixie sent toutefois que sa volonté l'abandonne.

– Comment ça se passe chez toi ?

– Bien. Mais je surveille chacun de mes gestes, chacune de mes paroles.

– Tu sais, c'est une chance que de m'envoler avec toi pour Prima, dit-elle. Mes parents m'ont appris ce matin que ma visite annuelle au bloc médical est reportée après mon retour. Tu comprendras que je ne désire pas du tout revenir ici. Je reste donc avec toi, quoi qu'il arrive. Je t'accompagne sur Terre.

Pixie la regarde en fronçant les sourcils. Zaza lui avait promis de l'aider à s'enfuir sans pourtant consentir à le suivre jusqu'au bout de son aventure.

– Tu en es certaine ?

– Absolument.

Malgré sa décision, elle ignore comment ils s'enfuiront de Prima en direction de la planète bleue.

– Il y a deux mois, déclare Pixie, l'assistante du docteur Iso était prête à m'aider. Elle pourra sûrement recommencer aujourd'hui.

La femme à l'étrange médaillon demeure leur seul contact rebelle, ici sur la Lune. Car le garçon n'a plus revu ni Prof ni le vieillard.

– Et si elle disait non ?

– Je la convaincrai.

La fille lui lance une œillade inquisitrice. Pixie se mord la lèvre. Il prend sa compagne dans ses bras.

– Ne t'en fais pas, affirme-t-il. J'irai la voir après l'école.

Les deux jeunes Sélènes se remettent en route. Quelques élèves de leur classe les rejoignent. Ensemble, ils pénètrent dans le secteur académique. Ils parlent de choses et d'autres tout en prenant place à leur pupitre. Les Jama sur les genoux, ils assistent aux cours de la journée.

Dès la dernière heure d'étude terminée, le jeune rebelle se rend comme prévu au bloc médical. Là, l'assistante du docteur Iso l'accueille avec un large sourire.

– Bonjour Pixie. Comment vas-tu ?

Autour d'eux circulent des médecins ainsi que plusieurs patients. Le garçon lui retourne son salut.

– J'admire beaucoup le travail du docteur Iso. Surtout depuis ce qu'il a fait pour moi. Je me demandais si vous pouviez me renseigner sur les exigences et les responsabilités de sa profession.

– Bien sûr, dit-elle après une légère hésitation. Viens. Nous serons plus à l'aise dans mon cabinet.

Elle s'installe derrière son bureau, tandis que Pixie s'assoit dans un fauteuil.

– Vous ne refermez pas la porte ?

– Je n'en vois pas la nécessité puisque ce n'est pas un entretien médical, donc pas confidentiel.

– Pourtant, renchérit-il, vous devriez.

Le beau sourire de la femme se crispe. Elle plisse l'œil et jauge le visiteur avec intérêt.

– Je me souviens de tout, affirme-t-il en guettant la réaction de la femme.

L'annonce saisit l'assistante. Les muscles de sa mâchoire tressautent. Elle jette un coup d'œil anxieux vers la porte. À l'extérieur, des employés du bloc médical remontent le corridor. Elle repousse son siège, se lève et va vérifier que personne n'ait surpris la conversation. Grâce à une simple commande vocale, la porte glisse et condamne l'entrée. Elle fait aussitôt volte-face. Son regard embarrassé se pose sur la nuque du garçon qui se retourne sur son siège.

– J'aurais besoin d'une nouvelle identité pour quitter Prima. Et Zaza aussi.

La femme ouvre la bouche de stupeur. Ses genoux fléchissent. La sueur perle sur son front.

– Que... veux-tu dire, Pixie ?

– Vous le savez très bien. La révision mémorielle n'a pas eu lieu. Grâce à vous.

– Grâce à moi ? Mais je ne comprends pas !

D'un bond, Pixie se remet sur pied. Il plonge son regard dans celui, désespéré, de la rebelle.

– Avant l'opération, vous m'avez dit : *Ce n'est que partie remise.* J'ai besoin d'aide, maintenant !

Le dernier mot, tel un ordre crié, fait trembler la femme. Tandis qu'elle se rapproche de son bureau, sa main heurte un verre d'eau qui se renverse.

– C'est une mauvaise plaisanterie, murmure-t-elle, médusée. Ou un piège…

Pixie fronce les sourcils. Lui non plus ne comprend rien à la situation.

– Vous n'avez pas fait avorter ma révision mémorielle ?

– Mais comment aurais-je pu ? Je ne suis qu'une assistante. Je n'opère pas les programmations prosociales. C'est le docteur Iso, le responsable.

Le garçon tente de faire un pas en avant mais la femme l'arrête en tendant le bras.

– C'est un piège, insiste-t-elle d'une voix aiguë.

– Entre rebelles, nous devons nous aider.

– Je ne suis pas une rebelle !

– Et le pendentif, plaide-t-il en pointant l'index vers la poitrine de la femme, celui que j'ai vu alors que vous me remettiez la carte d'affaires de *Gestion Totale* ?

Cette fois, l'assistante du médecin retrouve sa belle assurance d'antan. De ses deux mains, elle empoigne le revers du collet de sa blouse jaune et l'écarte. Sa peau laiteuse apparaît.

– Quel pendentif ? s'enquiert-elle avec aplomb.

Pixie cligne des yeux. Comme dans un rêve, il semble entendre le SubGO lui demander : *Quel masque ?* Le jeune colon comprend que l'assistante, consciente du danger que représentait le bijou, l'a sciemment fait disparaître. Satisfaite, elle referme sa blouse.

– Vous êtes mon dernier espoir, souffle-t-il. La reprogrammation a échoué. Je lutte sans cesse pour modeler mes paroles, mes gestes, mes pensées sur ceux de mon entourage. C'est un combat de chaque instant. Je vais craquer…

Ils se dévisagent pendant un long moment. Un silence lourd de menaces plane entre eux. Chacun détient le pouvoir de dénoncer l'autre et de sauvegarder ainsi sa sécurité. Une larme pique l'œil de Pixie.

– J'ai peur, avoue-t-il.

L'assistante du docteur Iso ressent la même chose. Mais depuis l'incident de la PIP défectueuse, elle ne prend plus aucun risque. Elle garde pour elle le moindre de ses élans. Elle a même coupé tout contact avec Prof et le vieil homme. La menace du satellite pénitentiaire

Terminus la tétanise. Car aux yeux de l'astrogouvernement, sa trahison signifierait la lobotomie. Elle ne vaudrait guère plus qu'un clone substitut pour greffes d'organes.

  – Va-t'en, Pixie, déclare-t-elle d'une voix brisée. Si tu reviens, je n'aurai d'autre choix que d'avertir les autorités.

  – Au risque de vous condamner par la même occasion ?

Elle ne répond pas. Elle se contente d'avaler l'énorme boule d'anxiété qui obstrue sa gorge. Pixie ferme les yeux un instant. Il aurait tant souhaité sa collaboration. Avant de quitter le cabinet, il toise une dernière fois l'ancienne rebelle.

« Elle aussi », se persuade-t-il, « sa peur la rend prisonnière du paradigme unioniste. »

Il roule une bonne heure sur sa trottinette à piles. Il tourne en rond, parcourt les différents secteurs de la colonie Upsilon sans voir ce qui l'entoure. À quelques reprises, il passe près d'emboutir une jeep ou même d'enjamber le tapis roulant où déambulent les Sélènes d'Upsilon. L'esprit confus, Pixie a du mal à refouler ses larmes et son désespoir. Il ne sait plus vers qui se tourner.

Sous l'immense dôme du parc central, il n'ose regarder la planète bleue. Sa vue lui rappelle trop l'échec de sa rencontre avec l'assistante du médecin. Il franchit l'entrée du complexe récréatif et, d'un pas traînant, flâne entre les nombreuses cabines de jeux virtuels. Choisissant l'une d'elles au hasard, il se réfugie à l'abri des regards. Dans l'obscurité, il pleure tout son soûl.

— Veuillez vous identifier, réclame le plateau de plexiglas qui exhibe la silhouette illuminée d'une main.

Pixie gémit de plus belle. La société qu'il désire tant fuir le talonne jusque dans sa cachette. L'isolement n'existe pas. L'intimité non plus. La sécurité, pour se montrer efficace, transite nécessairement par la transparence de chaque astrocitoyen.

Trois petits coups bien espacés résonnent contre la porte de la cabine. Le garçon essuie en hâte son visage du revers de sa manche grise.

— C'est occupé ! lance-t-il, agacé.

— Pixie ?

Le jeune colon écarquille les yeux. La voix masculine ravive des souvenirs. Il pousse la porte, et les traits hâlés de Prof surgissent devant lui ! Abasourdi, le garçon ne trouve pas les mots pour exprimer sa joie.

Prof, l'air toujours aussi sévère, prend place à ses côtés. L'obscurité tombe sur eux. Le plateau de plexi s'avance de nouveau et demande l'identification. L'homme fait signe au garçon d'obéir. Ce dernier sort enfin de sa léthargie et autorise de ses empreintes l'enclenchement du mode virtuel. Mais il ne porte pas attention à la simulation d'un affrontement entre unionistes et rebelles. Prof se penche et lui souffle à l'oreille :

– Reprends le contrôle de tes émotions, petit arrogant. Et tout de suite !

Devant le ton autoritaire de son ancien ami, Pixie bafouille quelques mots. Prof l'interrompt brutalement :

– Tu as mis en jeu la sécurité d'une de nos plus fidèles alliées. Je te l'ai déjà dit. Même les rebelles doivent se discipliner. Si tu n'en as pas la force ou la volonté, alors tu ne mérites pas mieux que de devenir un androïde !

La dureté des mots va droit au cœur de Pixie. Telle une gifle indispensable qui remet les idées bien en place, il s'aperçoit à quel point les caprices

égoïstes de sa petite personne l'obnu-
bilent.

– Une évasion requiert une énorme
logistique, poursuit l'homme. Tu oublies
que nous opérons dans la clandestinité.
Il ne suffit pas de vouloir une chose pour
l'obtenir. Tu dois apprendre à attendre
ton tour. Comme n'importe quelle or-
ganisation, nous avons nos priorités. Et
tu n'en fais pas partie, cette fois. Je suis
désolé.

Il s'apprête à partir, tandis que l'univers virtuel de la cabine s'estompe peu à
peu. Pixie lui touche le bras.

– Il y a quelques mois, vous m'avez
dit que les rebelles ne s'en prenaient jamais aux humains. Comment expliquez-
vous les derniers attentats ?

– Nous n'avons rien à y voir, admet
Prof, l'air contrarié.

– Si personne ne veut m'aider, soutient le garçon, alors pourquoi avez-vous
fait rater ma révision mémorielle ?

La question décontenance le détrac-
teur de l'Union. Manifestement, il ignore
la réponse. Si les rebelles n'y sont pour
rien, qui Pixie doit-il alors remercier ?
Est-ce une autre défaillance d'un système quasi parfait ? Il peine à y croire.

Les probabilités qu'un tel incident se produise à deux reprises relèvent du miracle.

Prof se racle la gorge.

– Comme ta déposition n'a permis aucune arrestation de rebelles, nous pensons qu'Iso, en te laissant déprogrammé, désire peut-être voir si tu vas entrer en contact avec tes anciens complices. Et tu viens de le faire.

La déclaration lui coupe le souffle. Le rebelle lui tapote l'épaule.

– Si nous avons l'occasion d'intervenir, nous le ferons. Mais tu le sauras à la dernière minute. En attendant, fais attention à toi, petit.

Aussitôt, l'homme sort de la cabine et disparaît, laissant Pixie à ses nouvelles angoisses.

✻

Malgré l'incertitude entourant son projet de fuite sur Terre, l'idée de voyager excite beaucoup Pixie. De retour à l'unité d'habitation, il fait son sac avec enthousiasme. Il trie ses combinaisons avec soin. Une chose s'avère certaine : cette fois, même si ce n'est que pour se rendre sur Prima, il part pour de vrai. Mais reviendra-t-il ?

– Tu me sembles bien songeur, note son père.

Le fils hausse les épaules.

– Devenir délégué des jeunes unionistes comporte de lourdes responsabilités. Je me demande parfois si je répondrai aux attentes du stage.

– Ne t'en fais donc pas, va !

Pixie passe en revue ce qu'il apporte sur la station spatiale. Son père l'observe d'un air inquiet.

– Tu négliges quelque chose d'important.

– Non, affirme le garçon en jetant un coup d'œil autour de lui. J'ai tout.

Une longue ride soucieuse se dessine dans le prolongement du nez du père.

– Et ton Jama, lui ?

Pris au dépourvu, Pixie ramasse le chien automate et se met à le caresser.

– Je ne le mets pas dans mon sac, voyons ! fait-il en s'efforçant de cacher son oubli.

La réponse apaise le père. Depuis les terribles dérèglements de personnalité de son fils, l'homme scrute ses gestes avec un zèle maladif. Même Cookie n'y échappe pas, ce qui énerve l'adolescente au plus haut point.

Celle-ci entre dans la chambre. Le père souhaite bonne nuit à ses enfants. Seul avec sa sœur, Pixie grimace. En sa compagnie, il a toujours du mal à réprimer ses élans rebelles. Il passe derrière la cloison qui divise la pièce et abaisse son lit. Il retire sa combinaison puis se couche.

– Lumière !

La lampe de chevet, fixée au-dessus de la tête du lit, s'éteint. Le garçon remonte la couverture jusque sous son nez. Cookie, poings sur les hanches, se tient au bout de la cloison. Elle dévisage son frère d'un air dubitatif.

– Tu ne me dis pas bonne nuit ?

– Bien sûr, répond-il d'une voix embarrassée. Bonne nuit, Cookie.

Mais l'adolescente ne bronche pas d'un iota.

– Tu sais quoi ? Je me demande parfois si tu es bel et bien guéri !

Piqué au vif comme tout bon citoyen du Système solaire doit l'être devant une accusation injustifiée, le garçon s'assoit carré dans son lit.

– Tu doutes de l'efficacité de la médecine du docteur Iso, maintenant ?

Je devrais sans doute lui en glisser un mot. Il pourrait te faire une ou deux mises au point.

Cookie émet un sifflement de mépris avant de disparaître de l'autre côté de la cloison. Malgré les programmations prosociales des médecins de l'Union, ceux-ci n'arrivent toujours pas à inhiber les petites guerres intestines entre frères et sœurs.

Chapitre II

Le concert rock

UNE FOIS le verrouillage des harnais de sécurité enclenché, la plateforme de lancement s'incline. Les réacteurs explosent. Le compte à rebours vibre dans la tête des passagers de la navette. Dans une cabine *première classe*, Pixie et Zaza retiennent leur souffle. Tandis que le vrombissement assourdissant s'intensifie, ils se sentent littéralement calés dans leur siège d'envol. La puissance déployée par l'engin pour s'arracher de l'attraction lunaire leur donne l'impression qu'ils vont passer à travers le dossier.

Mais déjà, la tourmente se calme. Dans le hublot, ils saluent une dernière fois Upsilon qui se fait petite, presque insignifiante. Au-delà des cinq branches illuminées de la société sous cloche, apparaissent peu à peu celles des autres colonies. La navette change alors de cap pour survoler la surface crevassée de la Lune. La nuit sidérale les enveloppe.

Du coin de l'œil, Zaza observe son compagnon. Pourquoi se terre-t-il dans un mutisme aussi rigide ? Pourquoi ne dit-il plus jamais rien ? En fait, Pixie n'a pas perdu sa langue. On dirait plutôt que son âme a quitté son corps. La jeune fille ne le reconnaît plus. Lui, d'habitude si impatient de partager ses idées de rébellion, débite désormais le dogme de l'Union à qui veut l'entendre.

Depuis son entretien avec l'assistante du docteur Iso, Pixie est redevenu comme tous les autres garçons du Système solaire : docile et ennuyant. Et si on l'avait reprogrammé à son insu ? La supposition terrorise Zaza.

– Arrête de t'inquiéter, lui suggère son ami qui ne se doute pas du fond de sa pensée. Le voyage se déroulera bien.

En parfait petit unioniste, il relate les dernières mesures préventives mises en place par la sécurité afin de freiner l'avancée des rebelles. Zaza grimace.

Elle sait tout cela aussi bien que lui. Les nombreux écrans muraux qui parsèment Upsilon le répètent sans cesse. Elle ferme les yeux de lassitude.

– Tu ne vas pas bien ? lui demande-t-il.

Elle le regarde de nouveau en soupirant.

– Ça va. Je crois que je vais faire une séance d'entraînement pour chasser ma nervosité.

– Moi, je vais aller faire un tour, déclare-t-il, tout sourire. Je vais en profiter pour rencontrer les autres passagers.

– D'accord, je te rejoins plus tard.

Son chien automate dans les bras, le jeune Sélène quitte la cabine avec l'air enjoué et innocent des astrocitoyens. Est-ce une ruse destinée à tromper l'ennemi qu'il s'apprête à visiter ? Zaza l'espère sincèrement. Elle dépose son sac de voyage sur la table. Elle l'ouvre pour en retirer une combinaison plus confortable. Du bout des doigts, elle touche la pochette dans laquelle elle a caché les empreintes digitales et rétiniennes de Loga, membre de l'élite solaire.

✻

Après quatorze heures de vol, la grande station spatiale Prima scintille de mille feux. Elle se balance en suspens dans le vide astral. Plusieurs navettes semblent exécuter autour d'elle une chorégraphie légère et paisible.

La station ne possède aucune forme particulière. Il s'agit plutôt d'un monumental amas de métal agencé de façons diverses. Depuis le début de sa construction, dans les années 2010, elle s'étend et déploie sans fin sa superficie afin d'accueillir toujours plus d'astrocitoyens. Elle compte près de cinq millions de Primiens qui, pour la très grande majorité, y sont nés.

Prima grossit, s'enfle jusqu'à remplir le hublot. Comme la navette effectue ses dernières manœuvres d'approche, la porte d'un quai s'ouvre. Le géant silencieux engouffre l'engin qui glisse maintenant dans un étroit couloir. La navette s'arrime en douceur à la plateforme située à l'extrémité. Les réacteurs s'éteignent un à un. Les harnais de sécurité des sièges d'envol libèrent les passagers.

Radieux, Pixie empoigne son sac de voyage. Sa compagne l'imite sans y mettre du cœur.

– Que se passe-t-il ? s'enquiert-il, debout sur le seuil de la cabine. Es-tu fâchée contre moi ?

Elle secoue la tête.

– Bien sûr que non. Je m'ennuie, c'est tout.

Le garçon ne peut s'empêcher de ricaner.

– Ah ! les filles ! Toutes les mêmes ! Sitôt parties, elles deviennent nostalgiques.

Zaza fait la moue. Ses lèvres brûlent de lui dire la vérité : elle ne s'ennuie ni de sa famille ni de la Lune, mais bel et bien de lui, de ce qu'il était encore, quelques jours auparavant.

– Oh ! les gars aussi sont tous les mêmes ! rétorque-t-elle. Vous vous moquez sans cesse de nous.

Pixie hausse les épaules d'un air bonhomme. Il la prend par la main et lui murmure à l'oreille :

– Ne t'en fais donc pas. Nous nous amuserons.

La jeune fille n'a pas le temps de se questionner sur le sens de la phrase qu'un groupe de délégués unionistes surgit dans la cabine. Le comité d'accueil leur souhaite la bienvenue sur la grande station spatiale Prima. Les présentations se font pêle-mêle. La jeunesse primienne se montre quelque peu désordonnée. Zaza se sent rassurée, car elle redoute de flancher. Mais son complice ne semble pas partager le même avis. Sa mine longue en intrigue plus d'un.

— N'as-tu pas fait bon voyage, citoyen Pixie ? lui demande Hub, l'un des garçons du groupe qui porte une combinaison turquoise garnie de galons jaunes. Rendons-nous à l'hôtel. Ils doivent être fatigués.

Pixie ne bronche pas. À la place, il dévisage ses hôtes d'un drôle d'air.

— Je vous trouve un peu brouillon, laisse-t-il tomber à la manière d'une sentence. Je croyais qu'un délégué devait montrer l'exemple en tout temps.

La remarque indispose les délégués, qui baissent le front.

— Nous sommes d'abord et avant tout des humains, non des machines, déclare Hub. À chaque moment correspond sa fonction. Et il est venu le temps de s'amuser.

— Comment s'amuse-t-on, par ici ?

— Voyons, Pixie ! se récrie Zaza, embarrassée par l'attitude rébarbative de son ami. Mais de la même manière que sur la Lune : séances d'entraînement, jeux virtuels, les Jama, la musique…

– Parlant de musique, reprend Hub, il y a un concert bénéfice, ce soir, au profit de la brigade-relève de la police spatiale et des familles des victimes. Ils en ont bavé, le mois dernier sur Terre, contre ces pervers de rebelles et de mutants !

Le souvenir des incidents empourpre le visage de Hub. Il rajuste sa combinaison et se racle la gorge.

– Nous comptons sur votre présence. Ce sera l'occasion de vraiment faire connaissance.

Pixie revient à de meilleures intentions. Il accepte l'invitation, au grand plaisir de sa compagne qui se réjouit à l'idée de danser.

Les jeunes astrocitoyens sortent de la cabine de vol et remontent le corridor jusqu'au vaste salon de la navette. Ils saluent le personnel de bord puis quittent l'engin. Tandis qu'ils se dirigent vers les contrôles de sécurité, Hub et un autre délégué, du nom de Tiff, échangent quelques mots :

– Qu'en penses-tu ? fait ce dernier.

– Difficile à dire. Il m'a l'air convaincant.

– Et elle ?

– Plutôt jolie…, répond Hub d'un air songeur. Il faudra les surveiller.

❉

Des voix lointaines bourdonnent et le tirent de sa sieste. Pixie déplie son corps en bâillant. Il ouvre un œil, puis l'autre. Autour de lui, les murs prune de la chambre d'hôtel s'élèvent. Les voix continuent de fuser de la pièce voisine. Il se redresse. Avec qui s'entretient Zaza ?

D'un pas souple, il se dirige vers la porte contre laquelle il colle son oreille. Il reconnaît sans difficulté la voix de Hub, le délégué des Jeunes pour l'Union. Que vient-il faire ici, celui-là ? Pixie sait que Zaza doute de lui, qu'elle se pose des questions à son sujet. Mais faut-il pour autant tout lui avouer ? Son entretien avec Prof lui a fouetté les sangs. Le ton dur de l'homme l'a remis sur le chemin de la discipline et de la patience.

Il va se rafraîchir dans le cube sanitaire et s'habille en vitesse avant de passer dans la chambre voisine. Hub l'accueille avec une solide poignée de main.

– Alors, tu as refait le plein d'énergie ?

– Oui, dit Pixie sans le regarder.

En fait, il n'a d'yeux que pour Zaza. La fille porte une combinaison moulante de couleur bordeaux. Un galon ocre orne l'ourlet des jambes et des manches, ainsi que le haut du col qui remonte sur sa gorge. Sa chevelure auburn tombe en cascade sur ses épaules. Un bracelet émetteur argenté encercle son poignet gauche. Jamais elle n'a été aussi jolie. Elle semble même plus grande que d'habitude. En effet, elle chausse une paire de souliers à semelles compensées.

– Tu te sens mieux ? s'informe-t-elle en souriant à son ami.

– Beaucoup mieux.

– Alors allons-y ! s'exclame Hub en les prenant par le bras.

La porte de la chambre glisse pour les laisser sortir. Ils arpentent le corridor, descendent trois étages, puis arrivent dans le hall d'entrée. La décoration *Art Déco* confère une touche surréaliste à l'endroit. Les employés en service arborent des costumes d'époque. Leur allure très rétro, qui date de plus d'un siècle et demi, amuse les clients.

À l'extérieur de l'hôtel, dans le large corridor qui sert d'avenue, les jeunes attrapent des trottinettes de location. Ils filent droit vers le Grand Théâtre où a lieu le concert. Pixie et Zaza suivent de près leur guide pour ne pas le perdre de vue. Ils croisent des dizaines de boulevards. Le trafic roule en tous sens. Des voies se séparent afin d'accéder à différents niveaux de la station et se rejoignent plus loin.

Contrairement aux colonies, beaucoup plus récentes et de facture uniforme, la station spatiale Prima présente un amalgame de genres architecturaux hétéroclites, parfois en discontinuité. Selon le type d'assemblage ou de matériau utilisé, on devine avec facilité la décennie de construction des secteurs annexés les uns aux autres. Cheminer au cœur des labyrinthes de Prima constitue un véritable voyage dans le temps, un cours d'histoire en soi.

Les jeunes piquent à travers différents quartiers résidentiels. Quelques délégués se joignent à eux, dont Tiff. Ils traversent l'un des cinquante parcs de la station et font halte en bordure du boulevard de l'Humanité. La vue surprenante coupe le souffle aux deux colons d'Upsilon.

Devant eux, au-delà d'une incommensurable baie vitrée, le panorama saisissant dévoile la planète bleue, escortée de son satellite millénaire, la Lune, et flanquée d'autre part par la station spatiale Artistella. Entre elles, des navettes vont et viennent, exécutent un ballet sidérant. La vue de la Terre, un peu plus près de lui, ravive chez Pixie le désir de réaliser son rêve.

Après quelques minutes de contemplation benoîte, la petite bande poursuit sa route jusqu'au Grand Théâtre. Une foule de jeunes se masse devant l'entrée dans l'attente de voir et d'entendre leurs idoles, le groupe de rock atonal *Éti^k : Nul Sab^b a^t*.

– C'est la première fois que nous présentons un spectacle d'ouverture au Congrès des Jeunes pour l'Union, soutient Hub. Je crois que ce sera un succès. Comme nos adhésions annuelles plafonnaient, nous avons pensé que…

– Si je comprends bien, l'interrompt le jeune Sélène, pour assister au concert, il fallait s'inscrire au Congrès. Brillant !

Pour toute réponse, Hub sourit.

– L'idée vient de lui, assure Tiff.

– Je ne fais que mon devoir, assure le Primien non sans fierté. Allez ! Nos places nous attendent.

Le jeune délégué unioniste pousse ses compagnons à l'intérieur du Grand Théâtre où on contrôle les identités par empreintes. Après avoir vérifié que chacun détient bel et bien dans son dossier personnel un billet d'entrée virtuel, on autorise les admissions.

Dans la cohue joyeuse, le petit groupe prend l'escalator puis se rend dans la section des loges de l'élite solaire. Dans celle qui leur est assignée et qui compte une dizaine de fauteuils, flotte une musique d'ambiance. Pixie colle son nez contre l'écran de plexiglas qui les sépare du reste du théâtre. Près de dix mille fans, venus des quatre coins du Système solaire, s'entassent dans le majestueux amphithéâtre. Les nombreuses galeries s'élèvent autour de la salle qui, à elle seule, est cinq fois plus imposante que le parc central d'Upsilon !

Les minutes s'écoulent. Les fans s'impatientent et scandent leur désir de voir enfin apparaître les membres du groupe musical. Dans la loge, le bruit assourdissant de la foule ne parvient pas à traverser le plexi. Soudain, la salle plonge dans l'obscurité. Tout le monde retient son souffle. Des faisceaux de lumière zèbrent la scène. L'écran de plexi s'ouvre et la musique éclate. La masse exulte. Pixie s'accoude à la balustrade et admire ses idoles.

La voix du chanteur vibre. Il fait danser ses fans qui chantent avec lui, imitent chacun de ses gestes qu'ils connaissent par cœur. Le chanteur se déplace sur la scène avec une aisance féline. Des hologrammes se forment et le multiplient à l'infini. Il est partout à la fois. Il est si près de ses groupies que ceux-ci peuvent presque le toucher! Les images virtuelles semblent aussi réelles que le vrai chanteur, toujours sur scène.

Au grand plaisir de Zaza, le chanteur apparaît aussi dans la loge. Elle danse à ses côtés. Les jeunes délégués font de même, gobelet de tonique à la main. Pixie s'avance à son tour. Il commence à se dandiner de façon mécanique et maladroite lorsque le chanteur, ne pouvant plus supporter la chaleur des projecteurs, dégrafe le haut de sa combinaison.

Sur son torse imberbe et musclé, se détache un pendentif que le Sélène identifie sans peine.

Un rebelle ? Est-ce bien possible ? Comment un groupe de musiciens, dont le nom propose comme éthique sociale d'abolir le repos, et choisi pour inaugurer le Congrès des Jeunes pour l'Union, peut-il couver un rebelle ? Le garçon secoue la tête. L'ardent besoin de fuir son monde totalitaire lui fait sans doute voir un peu partout des détracteurs de l'astro-gouvernement. Et pourtant…

Il s'approche davantage de l'hologramme. La parfaite définition du procédé virtuel le magnétise. Son regard se fixe sur le médaillon d'argent dont les pointes ondulées brillent. Il revoit alors le visage souriant de l'assistante du docteur Iso se pencher au-dessus de lui, sur la table d'opération. Il s'agit bel et bien du même bijou !

Pixie tire la manche de Hub.

– Est-il possible de rencontrer le groupe après le concert ?

– Bien sûr. On peut même y aller pendant l'entracte.

Après une heure de spectacle, la petite bande quitte la loge. Dans les couloirs du théâtre, Pixie s'immobilise devant une affiche de *Éti^k : Nul Sab^b a^l*. Il écarquille les yeux et la bouche de stupéfaction. Zaza regarde le panneau publicitaire sans comprendre.

– Qu'y a-t-il, encore ? demande-t-elle, excédée par l'attitude déconcertante de son ami.

Celui-ci lui indique un miroir qui reflète à l'envers l'image de l'affiche. Elle voit ainsi le nom du groupe se lire d'une manière surprenante. En enlevant les lettres mises en exposant, elle obtient une phrase contradictoire avec celle de l'affiche : *À bas l'unité* ! Elle se tourne vivement vers Pixie qui, la surprise passée, la pousse en avant.

– Fais comme si de rien n'était, chuchote-t-il.

– Mais… tu…

– J'ai dit chut ! ordonne-t-il. Sinon, Hub et ses androïdes d'amis vont savoir que nous sommes des rebelles.

Du coup, elle comprend qu'elle n'a jamais perdu son ami ! Il lui adresse un clin d'œil espiègle et elle obéit. Ils continuent de parcourir le Grand Théâtre. Les dernières notes de musique cessent brusquement. Les fans applaudissent en hurlant. L'entracte s'amorce pour les vingt prochaines minutes.

Hub et ses compagnons arrivent bientôt près de la scène. Le délégué s'entretient un instant avec un gardien de sécurité qui interrompt l'infrarouge pour les laisser passer.

Pixie sent la nervosité l'envahir. Et s'il se trompait ? L'idole ne manquerait pas de le poursuivre en justice pour diffamation. Sans compter qu'il pourrait exiger que le Sélène subisse un contrôle médical. Le garçon essuie ses mains moites sur sa combinaison. D'un signe de tête, il invite sa complice à se tenir près de lui.

Devant eux, les membres du groupe rock, en chair et en os, débouchent d'un couloir latéral. Ils foncent droit vers leur loge. Pixie leur emboîte le pas.

– Pourquoi as-tu fait ça ? demande le guitariste d'un air fâché au chanteur.

– J'avais tellement chaud !

– Tu aurais dû l'enlever avant d'entrer en scène !

– Je suis désolé, affirme le chanteur. J'ai oublié.

Le guitariste esquisse une moue de dépit. Il appose ses empreintes digitales sur le panneau de sécurité fixé au mur. La porte de la loge glisse d'un côté.

– Excusez-moi ! les hèle Pixie.

Le percussionniste fronce les sourcils. Il aperçoit alors les combinaisons turquoise des organisateurs du Congrès.

– Êtes-vous ensemble ?

Hub acquiesce.

– Dans ce cas, il n'y a pas de problème. Entrez.

Les quatre idoles pénètrent dans la loge, suivis de leurs fans. En guise d'introduction, Pixie demande un souvenir du groupe. Le jeune colon sélectionne sur son calepin personnel la fonction appropriée, puis remet l'utilitaire à Hub, qui procède alors à une numérisation holographique. Les deux futurs stagiaires se placent au centre du groupe de vedettes rock. Un mince faisceau vert balaie l'espace et mémorise les formes et les caractéristiques tridimensionnelles de chacun des sujets. Il capte même leurs voix. Une dizaine de secondes s'écoulent et hop ! le tour est joué. L'appareil enregistre les données qui pourront ensuite être projetées selon le désir de l'utilisateur.

Le garçon récupère son calepin personnel et va rejoindre le chanteur. Celui-ci lui verse un tonique.

– J'adore ton médaillon, dit-il de but en blanc.

Embarrassée, la vedette se détourne légèrement de son interlocuteur.

– J'aimerais bien en posséder un, moi aussi, poursuit Pixie. Peu importe ce qu'il coûte. Je suis prêt à payer de ma vie…

Le chanteur se contente de boire une gorgée. Le guitariste fait quelques pas dans leur direction. Il se sert lui aussi un rafraîchissement.

– Sais-tu que tu es aussi populaire que nous ? lance-t-il à Pixie en souriant. C'est un honneur ! Ton exemple stimule les masses. Bravo !

Le jeune colon d'Upsilon grimace. Ce n'est pas du tout la tournure qu'il souhaite donner à la conversation. Il jette un coup d'œil suspicieux aux délégués qui discutent avec le bassiste et le percussionniste. Il inspire profondément et revient à la charge :

– Où pourrais-je me procurer un tel bijou ? Il est vraiment superbe.

– C'est… un cadeau, prétend le chanteur.

Le guitariste paraît un moment agacé. Il passe son bras par-dessus les épaules du visiteur et le pousse vers la sortie.

– Tu n'aurais pas dû venir ici, murmure-t-il. Prof t'avait pourtant dit qu'on ne te contacterait qu'en temps et lieu !

Cette fois, le rebelle possède la preuve qu'il désirait. Il sourit sans toutefois porter attention à l'avertissement.

– Tu ne veux rien comprendre, hein ? grimace le guitariste. Tes indiscrétions nuisent à notre cause. Nous savons exactement où tu es. Alors, attends notre signal. Si tu ne collabores pas, nous ne t'aiderons pas. C'est à prendre ou à laisser.

– Zaza vient avec moi sur Terre, annonce Pixie d'un air solennel.

– Quoi ?

L'entracte tire à sa fin. Les groupies se préparent à quitter la loge. Pixie, lui, ne bronche pas, le regard rivé sur celui du musicien. D'un signe de tête imperceptible, celui-ci refuse d'aider une deuxième personne.

– C'est à prendre ou à laisser, reprend Pixie.

– Tu n'es pas en position de négocier quoique ce soit.

– Je détiens des informations qui valent cher.

– Certes, mais avec les crédits bancaires, point de salut !

Ils se toisent en chiens de faïence.

– Votre conversation a l'air passionnante, dit Hub en s'approchant d'eux. Vous parlez musique ?

– Oui, déclare le guitariste avec une assurance troublante. Ton ami me demandait des informations sur le meilleur enseignant virtuel pour apprendre le rock atonal.

Zaza n'est pas dupe. Elle s'aperçoit de la tension qui règne. Aussi décide-t-elle de faire diversion :

– Dis, Pixie, j'aimerais beaucoup que tu me fasses une copie de l'hologramme après le concert.

– Avec plaisir, répond-il tandis qu'il franchit la porte de la loge.

Ils remercient et saluent les musiciens, puis remontent les couloirs du théâtre tout en devisant joyeusement. Hub et ses acolytes suivent les Sélènes en fronçant les sourcils.

Chapitre III

Le stage

LES APPLAUDISSEMENTS crépitent dans l'immense salle du Grand Théâtre. Des ovations saluent Hub qui vient de parler avec brio. La conférence d'ouverture du congrès des Jeunes pour l'Union survolte la foule autant que le concert rock de la veille. L'adolescent sourit, fier de l'éloge qu'on lui rend.

– Merci ! Je vous en prie… S'il vous plaît…

Peu à peu, le silence se fait dans l'amphithéâtre.

– Je vous remercie de cet accueil si chaleureux, poursuit-il. J'aimerais maintenant vous présenter l'homme, que dis-je ? le génie derrière les systèmes de sécurité biométrique du Système solaire. J'ai nommé : le docteur Iso !

En entendant le nom de leur ennemi, Pixie et Zaza se lancent une œillade nerveuse. Les applaudissements reprennent de plus belle. Le médecin se place devant le microphone.

– Mes chers amis, je n'abuserai pas de votre temps, car ce congrès est d'abord conçu *par* les jeunes *pour* les jeunes. Et je me fais vieux…

Le public rit de l'autodérision du sexagénaire.

– Je désire cependant vous rappeler une chose : la sécurité est une affaire d'état qui progresse davantage d'heure en heure. Il n'en tient qu'à vous, et à vos actions communes, pour qu'elle devance et tue dans l'œuf les tentatives sanglantes de désorganisation sociale des rebelles. Et pour y parvenir, il ne faut négliger aucun moyen ! Bon congrès à tous !

Une fois de plus, les participants exultent. Pendant quelques minutes, on scande le nom du médecin. Celui-ci invite maintenant Pixie à monter sur la tribune. Zaza donne sur l'épaule de son ami une petite tape d'encouragement. La foule acclame le jeune colon. Depuis sa guérison suite au dérèglement de sa PIP et à son escapade dans les souterrains d'Upsilon, il est devenu une véritable coqueluche.

Il s'installe aux côtés du docteur Iso. Conférencier spécial pour la promotion des valeurs prosociales, il livre son témoignage, raconte sa mésaventure dans les moindres détails. Il insiste sur le danger que représentaient pour lui ses sentiments de confusion et de rage, mais aussi sur le danger pour l'ensemble de la société solaire. Malgré ses convictions intimes qui divergent totalement de son discours, le rebelle s'exprime avec un aplomb exemplaire, percutant. Même le médecin n'arrive pas à croire à une telle maîtrise. Le comportement irréprochable du jeune colon ne lui fait cependant pas baisser la garde. L'homme sait trop bien qu'il s'agit d'un leurre. Aussi une idée se met-elle à germer dans son esprit retors.

– Le docteur Iso a parfaitement raison, conclut l'orateur. L'utilisation des SubGO, par exemple, se révèle une arme idéale pour l'identification des rebelles. J'en suis la preuve vivante ! Je ne peux imaginer ce que serait aujourd'hui ma vie si on n'avait pas procédé à l'éveil électronique de mon clone substitut pour greffes d'organe. Cette initiative montre clairement qu'une mesure médicale peut aussi bien remplir une fonction préventive que sécuritaire. Je terminerai mon allocution par une sage phrase de mon père : « Si quelqu'un à quelque chose à cacher, c'est qu'il a quelque chose à se reprocher ! »

Alors que les participants du congrès applaudissent à tout rompre, le médecin entoure les épaules du garçon et chuchote à son oreille :

– Tu fais notre fierté, petit. Tu es vraiment un candidat de choix. Viens. J'aimerais te présenter quelqu'un.

Pixie se laisse conduire jusque dans les coulisses de la scène. Là, il arrive face à face avec Loga, nul autre que le Primien dont il avait usurpé l'identité pour s'enfuir d'Upsilon ! Ils se toisent, les mâchoires crispées. Le Primien plisse un œil et relève le menton d'un air hautain. La nervosité gagne le cœur du rebelle.

– Je crois que vous n'avez pas fait connaissance, dit Iso sur le point d'exécuter sa nouvelle ruse.

Malgré son malaise croissant, le Sélène tend la main et tente de sourire.

L'autre le considère avec un certain mépris.

– Loga, voyons ! le ramène à l'ordre le médecin. Notre ami était malade. Il est des nôtres, maintenant. En douterais-tu ?

Sans mot dire, il consent enfin à serrer la main du rebelle.

– Voilà qui est mieux ! s'écrie le sexagénaire avec un large sourire. Je suis convaincu que d'ici la fin du stage, vous deviendrez les meilleurs amis du Système solaire.

– Que voulez-vous dire ? intervient Pixie en clignant des yeux.

– Loga sera ton tuteur pour toute la durée de ton séjour sur Prima. N'est-ce pas une excellente idée ?

Le jeune Primien exhibe une risette malicieuse. Son adversaire approuve à contrecœur. En fait, l'annonce renforce l'hypothèse de Prof : on le fait étroitement surveiller dans le but d'obtenir plus d'éléments d'information sur la cause rebelle. La présence du délégué à ses côtés va drôlement compliquer les choses, car il sent déjà qu'il ne le lâchera pas d'une semelle.

❋

Tous les jours, de huit heures à dix-huit heures, les stagiaires fréquentent le méga Institut d'études unionistes situé dans le chic quartier Cosmo. Pendant ces longues heures, ils se livrent à des séances d'étude et d'entraînement physique. Ils apprennent par cœur le Code en plus de se soumettre à des tests cognitifs. Parfois, on combine plusieurs tests, question de vérifier l'endurance, la fidélité et le temps de réaction des candidats…

– Quelle est la cinquième loi du Code ?

– Tu dénonceras celui qui met sciemment ou non sa vie en danger, ou celle des autres astrocitoyens, articule Pixie d'une voix essoufflée, tandis qu'il court sur un tapis roulant.

– Tu te promènes dans les vallées martiennes avec ta mère. Elle perd pied et tombe. Tu constates qu'elle ne respire plus. Tu tentes d'appeler à l'aide, mais des parasites perturbent ton émetteur. Tu te trouves à deux kilomètres du camp de base. Que fais-tu ?

– Je vérifie ses signes vitaux. Je retire son masque, puis le mien. Rapidement, je lui fais la respiration artificielle tout en prenant soin de m'alimenter chaque fois à mon tube d'oxygène et en lui donnant un massage cardiaque. Si elle revient à elle, je lui remets son masque, puis je remets le mien. Je m'assure que son état est stable et je vais chercher du secours.

– Quel est le mandat d'un délégué unioniste ?

– Établir des relations significatives au sein de l'Unité de secteur, c'est-à-dire avec l'ensemble des astrocitoyens sous sa responsabilité. Il doit aussi répondre efficacement à leurs besoins, montrer l'exemple en tout temps, animer des séances de solidarisation et d'entraide, en plus de rendre compte à l'Union des activités de l'Unité.

– Si ta mère ne revient pas à elle, que fais-tu ?

– Je me rends tout de même au camp de base.

– Si ta sœur vous accompagne et qu'elle est dans le même état que ta mère, qui choisirais-tu d'aider en premier ? Ta sœur ou ta mère ? Pourquoi ?

Le tapis se déroule un peu plus rapidement sous les pieds du garçon, ce qui l'oblige à accélérer la cadence.

– Ma sœur, car elle représente la nouvelle génération de femmes.

– N'aurais-tu pas de remords d'avoir abandonné ta mère ?

– Bien sûr, mais le bloc médical me ferait une révision mémorielle en conséquence, afin de ne pas affecter mon rendement de bon citoyen.

– Voici une suite de couleurs : rouge, jaune, vert, violet, bleu, orange, gris. Peux-tu répéter la séquence de couleurs dans le bon ordre ?

– Rouge, jaune, violet, bleu, gris, orange.

– Combien en ai-je nommé ?

– Six, je crois.

– Tu crois ?

– J'en suis certain.

– Selon toi, pourquoi es-tu le meilleur candidat au poste de délégué unioniste sur Mars ?

– Je suis patient, discipliné. J'aime aider les autres. Je crois aux nobles principes de l'Union. Le bonheur de ma société dépend du degré de mon implication sociale. Je suis prêt à me sacrifier pour qu'elle aille vers d'autres sommets.

Et ainsi de suite, sans interruption, les questions défilent pêle-mêle. Pixie répond d'une voix saccadée, brisée par l'effort de sa course sur place. Bien que ses réponses ne brillent pas toujours par leur justesse, il tient le coup.

Le stage auquel se consacrent les aspirants délégués de la jeunesse unioniste représente un véritable camp militaire, une épreuve de force où on teste leurs nerfs et leurs convictions. On les endoctrine d'idéologies totalitaristes, on les embrigade avec soin. La plupart deviendront les cadets de la police solaire. Les plus chanceux accéderont à l'élite après avoir accompli un parcours sans faille.

Tandis que les stagiaires s'efforcent d'exceller un peu plus chaque jour, Pixie et Zaza supportent mal l'intolérable. Tout se révèle beaucoup plus difficile qu'ils ne le croyaient. Les moments d'intimité au cours desquels ils peuvent se délasser et oublier la rigueur de leurs études se font rares. Car depuis le lendemain de leur arrivée sur la station spatiale Prima, ils logent dans les dortoirs de l'Institut. Ils partagent ainsi leurs quartiers avec cinq autres garçons ou filles.

Deux fois par semaine, les jeunes colons d'Upsilon profitent d'une permission d'une heure pour se retrouver et discuter. Mais Loga, l'espion du docteur Iso, ne se tient jamais loin derrière.

– J'ai hâte que tout ça prenne fin, déclare Zaza d'une voix lasse. C'est inhumain !

– Oui, je pense comme toi, affirme Pixie.

Ils déambulent sur le merveilleux boulevard de l'Humanité tout en caressant distraitement leur Jama.

– S'ils veulent absolument avoir une civilisation parfaite et sécuritaire…

– Moins fort, Zaza, lui intime son compagnon en jetant un coup d'œil nerveux à son chaperon. Il va nous entendre.

La fille continue sa phrase sans tenir compte de l'avertissement :

– Pourquoi ne nous remplacent-ils pas par des robots ? Ça simplifierait l'administration.

– J'ai dit chut !

Zaza se mord la lèvre. Elle murmure :

– La fin du stage approche.

– Je sais.

– Est-ce que quelqu'un t'a contacté ?

– Non, soupire Pixie avec tristesse. Viens, on va s'offrir une petite évasion aux arcades virtuelles.

Comme ils cheminent en silence vers les cabines de jeu, Loga leur emboîte le pas. Hub et Tiff les rejoignent aussitôt.

Les nouveaux arrivés saluent les deux stagiaires. Hub fait un brin de causette avec Zaza. Pixie, pour sa part, disparaît dans une cabine du jeu *Terræ*. La machine procède à son identification avant de lui proposer une de ces fameuses aventures terrestres.

Cette fois, le jeu simule la nuit. Une faible lueur vacille au loin. Le garçon marche vers elle. Le sol de la forêt, couvert de branches et de feuilles sèches, craque sous ses pas. La lumière provient d'un feu de camp. Les flammes poussent leurs pointes haut vers le ciel. Pixie tend la main, sent la chaleur réconfortante du brasier. Des rires fusent à l'entour. Quelques personnes sortent du couvert des arbres et s'assoient en tailleur autour du feu. L'une d'elles se met à chantonner un vieil air amérindien. La voix claire résonne, accompagnée du doux crépitement des flammes. Quelqu'un casse une longue branche au bout de laquelle il fixe une sorte de cube blanc destiné aux flammes. Sous l'effet de la chaleur, l'objet s'amollit et dégage une odeur invitante. Le chant se poursuit, les campeurs font griller des guimauves qu'ils dévorent avec enthousiasme.

Au sortir de la cabine, Pixie fait la moue. Les excursions de *Terræ* existent-elles vraiment sur Terre ? Et si elles ne reflétaient qu'un Âge d'or révolu, le garçon apprécierait-il encore autant la planète bleue ?

– Où est Zaza ? demande-t-il à Loga.

– Partie avec Hub.

Pixie demeure songeur. Les fréquentations de la jeune fille ne lui disent rien qui vaille.

– Je crois que tu es en train de te faire piquer ta petite amie, mon vieux.

– Ce n'est pas ma *petite* amie, corrige le rebelle. C'est *mon* amie.

Loga sourit malicieusement. Il n'y voit aucune différence.

– Je dois partir, annonce soudain le Primien. Ma famille reçoit de la visite, ce soir.

– D'accord, fait son protégé en prenant soin de cacher son ravissement. Je vais rentrer seul à l'Institut. Bonne nuit !

– À demain.

Loga enfourche sa trottinette à piles et s'éloigne. Pixie sourit. Enfin seul et libre ! Sans perdre une minute, il se rend au Grand Hôtel de la zone centrale. Il se présente au comptoir d'accueil. Un an-

droïde reconnaît son empreinte réti-
nienne et le salue.

– Bonsoir, citoyen Pixie. Que puis-je
faire pour vous ?

– Est-ce que les membres du groupe
rock *Eti^k : Nul Sab^b a^t* logent toujours à
l'hôtel ?

– Ils se sont embarqués il y a deux
jours pour la station Artistella.

Le garçon a un emploi du temps si char-
gé qu'il n'en a même pas entendu parler.

– Le chanteur ou le guitariste a-t-il
laissé un message pour moi ?

– Non, je suis désolé.

– Merci.

– Au plaisir de vous compter à nouveau parmi nos clients, citoyen Pixie.

Le garçon soupire malgré lui.
Comme il aimerait en effet retrouver le
confort et l'intimité d'une chambre de
l'hôtel. Il n'y a malheureusement sé-
journé qu'une seule nuit, lors de son arrivée sur Prima.

Il jette un coup d'œil aux moniteurs
géants qui diffusent des bandes an-
nonces ou les manchettes de la journée.
Le couvre-feu de l'Institut va bientôt
sonner. À l'aide de sa patinette électrique, il regagne le quartier Cosmo.

De retour dans le dortoir, un des stagiaires de son groupe lui lance :

– Hey ! Tu as un appel en attente !

Le garçon saute sur son lit. Du bout du doigt, il actionne le poste de communication fixé à sa table de travail. Aussitôt, les visages souriants de ses parents apparaissent sur le petit écran.

– Pixie ! font-ils d'une même voix. Comment vas-tu ?

– Très bien, répond-il simplement.

– Tu ne nous as pas appelés depuis le début de la semaine ! lui reproche son père. Que se passe-t-il ?

Le rebelle lance une œillade circulaire sur les autres lits de la petite salle. Ses compagnons font mine de ne pas écouter.

– Nous sommes très occupés, mais je pense constamment à vous.

– Zaza parle à sa famille tous les jours, indique la mère avec une pointe de dépit.

– Et ton Jama ? s'informe le père.

Le fils attrape son automate, qui aboie et sort la langue, heureux de recevoir les attentions de son maître, puis place son crâne poilu devant l'écran. L'air enjoué de l'animal rassure le couple.

– Plus que six jours et tu seras de retour ! claironne sa mère. Comme j'ai hâte ! Et toi ?

Pixie hésite. Quoi dire ? Comment le dire ? Il lui tarde de les revoir, mais son retour sur la Lune signifierait le pire.

– Oui, moi aussi j'ai hâte que nous soyons tous réunis.

✻

Le temps file. Personne n'a cherché à contacter Pixie. Le stage tire à sa fin. Les études de l'Institut unioniste accaparent tellement le jeune stagiaire qu'il ne réussit pas à vaquer à ses affaires personnelles. Il se sent coincé.

Sur l'heure du dîner, deux jours avant le retour prévu sur la Lune, Zaza le rejoint devant l'immense baie vitrée du boulevard de l'Humanité. Comme toujours, Loga les a à l'œil. La fille s'accoude à la balustrade, fixe son regard sur la danse silencieuse des navettes autour de la planète bleue, de la Lune et d'Artistella.

– Pour moi, Upsilon signifie *contrôle médical*, murmure-t-elle, les lèvres serrées. T'en souviens-tu ?

Le garçon ressent trop de déception pour répondre. La frustration l'habite tout autant que sa compagne, qui continue d'admirer le paysage sidéral tout en cajolant distraitement son automate.

— Dans ton pupitre, en classe, j'ai glissé les empreintes rétiniennes de cet ennuyeux Loga.

— Quoi ? s'écrie Pixie en jetant à la dérobée une œillade à son chaperon. Tu as fait quoi ?

Sa complice demeure toutefois calme.

— Moi, j'ai conservé les gants de silicone.

Pixie se rapproche.

— Qu'est-ce que tu mijotes, au juste ?

— Ce que nous avions simplement prévu depuis le début.

Le rebelle secoue la tête et lève la main en signe de protestation.

— Je pars ce soir, annonce-t-elle.

— Tu es folle !

— Non, j'ai tout planifié. Écoute : avec les empreintes de Loga, nous pouvons pratiquement accéder à tout. Tu trouveras dans le casier de ton chef d'unité des combinaisons turquoise de l'élite solaire. Prends-en une. Une demi-heure après le dernier couvre-feu, enfile-la et sort. Il n'y a que les stagiaires qui se couchent à vingt heures. Nous pourrons donc circuler dans Prima pendant une heure environ.

Les yeux écarquillés, le garçon l'écoute, n'en croit pas ses oreilles. Sous des apparences innocentes, son amie n'a pas chômé.

— Mais pour aller où ?

— Par l'intermédiaire de l'aile D du bloc médical, nous arriverons près de l'aire de lancement des navettes de ravitaillement.

— Tu veux donc prendre une navette de ravitaillement pour gagner la Terre ? Qui t'a donné ces informations ?

— Pourquoi crois-tu que je vois aussi souvent Hub ? demande-t-elle en se retournant enfin vers lui.

Pixie avale sa salive de travers. Il avait bêtement cru qu'elle s'était entichée du Primien.

— Hub m'y a emmenée, la semaine dernière, explique-t-elle. De là, donc, nous accéderons aux quais spatiaux. Il ne restera plus qu'à nous procurer des bombonnes d'oxygène et à prendre place à bord d'un conteneur. Trois navettes partent ce soir à minuit. Le chargement prend fin une heure avant le décollage.

Pixie réfléchit.

– Te rends-tu compte que si nous échouons ici, tu vas avoir droit à bien plus qu'un simple contrôle médical ?

Zaza ne bronche pas devant la menace. Elle est résolument déterminée à partir. Coûte que coûte.

– Te rends-tu compte que si nous échouons là-bas, sur Terre, nous risquons d'avoir affaire aux mutants ?

Sans répondre, la jeune rebelle se redresse et se dirige d'un pas rapide vers l'Institut d'études unionistes.

Chapitre IV

Les alliés

PIXIE suit à la lettre les consignes de
Zaza. Il récupère les empreintes rétiniennes de Loga et cache le double
compartiment sous son oreiller. Avant
l'heure du souper, il profite d'un moment d'inattention de son chef d'unité
pour fouiller le casier de ce dernier. Il
prend alors une des nombreuses combinaisons turquoise et la roule en boule
dans une pochette de tissu. Il quitte aussitôt le dortoir.

Au réfectoire, les stagiaires unionistes
mangent, caressent leur Jama, parlent de
leur retour chez eux avec une grande
frénésie. Du coin de l'œil, Pixie avise
Zaza. Il lui fait signe qu'il vient de

franchir la première étape de leur plan d'évasion.

Après le repas, le garçon retourne au dortoir. À la surprise générale, il demande une communication intrasolaire. À peine trente secondes plus tard, le visage de sa mère apparaît sur l'écran du récepteur. La femme ne cache pas son étonnement.

– Je me sens si loin et si près en même temps, déclare son fils, les yeux plein de grosses larmes.

– Je comprends, mon chéri.

– Non, maman, tu ne comprends pas. Et si je ne revenais pas ?

Un voile de panique couvre les traits de la femme.

– Que veux-tu dire ?

– S'il y avait un accident en vol… Ou une attaque des rebelles… J'ai peur, c'est tout. Je vous aime. Je voulais vous le dire.

Sur l'écran, sa mère lui sourit tendrement et lui souffle un baiser.

✳

Dans le dortoir sombre et silencieux, Pixie regarde sa montre. Vingt heures trente. Sans bruit, il glisse hors du lit et enfile la combinaison de l'élite solaire. Du mieux qu'il peut, il met les lentilles cornéennes simulant les empreintes de Loga. Les prothèses lui font mal. Ses yeux clignent et pleurent. Près de la porte du dortoir, située un peu en retrait des lits, il présente au lecteur d'identité son regard embrouillé de larmes. Le dispositif de sécurité met plusieurs secondes à recouper les points de l'iris, mais autorise la sortie. Dans le corridor, il essuie ses yeux du revers de la main. Il croise quelques responsables du stage qui ne lui portent pas attention. Tout de même aux aguets, il se rend jusqu'à la sortie de l'Institut d'études unionistes. Là, Zaza l'attend en esquissant un sourire nerveux.

– Des problèmes ?

– Non.

– Ici, ça se corse. Il s'agit d'un double système de sécurité. Nous devons soumettre les empreintes de Loga en même temps.

– Parlant de lui, il ne faut pas traîner inutilement dans les parages.

Zaza acquiesce. Serrés l'un contre l'autre, ils cheminent vers la sortie. La fille ferme les yeux et se laisse guider par son ami qui lui, fourre ses mains bien au fond de ses poches. Ainsi, le lecteur d'empreintes ne décèlera aucune donnée contradictoire ou suspecte.

Enfin dans les rues du quartier Cosmo, les deux jeunes rebelles foncent droit en direction du bloc médical. Mais sans qu'ils ne s'en aperçoivent, Loga, qui flânait près de l'Institut, constate que les stagiaires ne respectent pas le couvre-feu. Comble de surprise, ils portent les combinaisons de l'élite !

« Comment ont-ils réussi à sortir ? » se demande-t-il, fort contrarié. « Le docteur Iso avait donc raison ! »

Plutôt que d'avertir la police ou le médecin, le jeune Primien décide de les suivre en faisant d'abord cavalier seul, question de savoir ce qu'ils trament. Il sera toujours temps de donner l'alerte plus tard, croit-il, et de rafler les honneurs.

Il pourchasse les deux rebelles jusqu'à l'intérieur du bloc médical. Il franchit le hall d'entrée, puis s'aventure à leur suite dans l'aile D. Il tente de traverser un double contrôle de sécurité sans succès. Loga applique minutieusement sa main contre le plexiglas du lecteur d'empreintes. Une lumière rouge clignote et refuse l'accès. Le garçon place ensuite son œil devant le dispositif qui émet, cette fois, un avis sonore.

– Accès refusé.

Loga fronce les sourcils. À l'autre bout de la salle, il voit Pixie et Zaza s'engager dans un couloir transversal. Il ne comprend pas ce qui arrive. Pourquoi échoue-t-il là où des rebelles réussissent à se faufiler ? Le Primien réfléchit et passe en revue ce qu'il sait de l'histoire personnelle de Pixie. Son esprit se fixe sur la destruction, dans le cube sanitaire de la navette, des pièces d'identité volées. Et si Pixie ne les avait pas toutes supprimées ?

Il appuie sur un bouton du lecteur d'empreintes afin de passer en mode vocal. Il interroge le dispositif. La réponse ne se fait pas attendre.

– Erreur de système, émet une voix nasillarde et légèrement saccadée. L'entrée du citoyen Loga a été enregistrée à vingt et une heures trois minutes. La sortie n'a pas encore été confirmée. Verrouillage du système pendant les dix prochaines minutes. Veuillez essayer plus tard.

– Bon sang ! fulmine-t-il. C'est bien ce que je pensais !

Il empoigne son utilitaire personnel sur lequel il pianote quelques touches. Le visage du docteur Iso s'affiche sur l'écran.

– Bonsoir, docteur. Je crois que Pixie et Zaza sont en train de s'enfuir. Ils pourraient toujours détenir mes empreintes !

Les traits du médecin se durcissent, pendant que le garçon lui rapporte les événements de la dernière heure.

– Je te remercie de ta vaillance et de ton dévouement, Loga. Nous n'oublierons pas ce que tu viens de faire pour l'Union. Je vais me charger d'alerter la police. Rentre à ton unité d'habitation. Tu as fait du bon travail.

Le docteur Iso met fin à la conversation, puis se tourne vers son invité.

– Vous avez entendu ? Le petit remet ça !

Le chef de police Coupefeu, muté sur Prima depuis peu, acquiesce en se frottant les mains. Sa bouche dessine un sourire malicieux.

– À vous de jouer, maintenant, lui lance Iso. La première mission de notre police secrète se déroule comme prévu. Et pas de bêtises, cette fois !

L'homme au képi noir place son bracelet émetteur devant sa bouche et vomit ses ordres :

– Tout le monde dans l'aile D du bloc médical. Enrayez tous les accès civils et les lecteurs d'empreintes de la zone. Exécution !

❋

Pixie et Zaza ont quitté l'aile D du bloc médical. Ils déambulent en silence dans un couloir d'entretien. Le garçon a une curieuse impression de déjà vu. Sa nouvelle escapade lui rappelle beaucoup celle dans les souterrains d'Upsilon, trois mois plus tôt. Ils parviennent bientôt devant un sas conduisant aux quais spatiaux. Lorsqu'ils présentent les empreintes de Loga, une lumière rouge clignote.

– Que se passe-t-il ? s'informe Pixie, qui sent les choses sur le point de tourner au vinaigre.

Ils répètent leur commande en vain.

– Ça ne fonctionne plus ! s'exclame Zaza, ahurie.

Le garçon jette ses lentilles cornéennes d'un mouvement brusque.

– Ils savent que nous sommes là…

La panique s'installe. Les deux rebelles avisent des trappes d'aération le
long du corridor et au-dessus de leurs
têtes. Ils perçoivent des voix lointaines
et le bruit de pas qui claquent contre
le sol.

– Il faut faire diversion.

Le garçon tire de sa poche son utilitaire personnel.

– Utilisons l'hologramme souvenir
du groupe *Eti^k : Nul Sab^♭ a^t* !

– Excellente idée !

Il active l'hologramme souvenir qu'il
dispose rapidement dans un coin. Alors
que les gestes et les paroles enregistrées
lors de l'entracte du concert rock sont
projetés et forment une boucle sans fin,
ils reviennent sur leurs pas. Zaza en profite pour abandonner au hasard ses gants
de silicone. Pixie soulève une grille et,
d'un signe de tête, invite son amie à s'engager dans la gaine d'aération assez
haute pour y évoluer debout.

– Fais attention, souffle-t-il en repen-
sant à sa chute dans la soute à déchets re-
cyclables de la colonie lunaire.

Zaza avance à tâtons dans l'obscurité. Elle sent le sol s'incliner peu à peu. Derrière elle, Pixie rabaisse la trappe et la suit. L'un à la suite de l'autre, ils s'enfoncent dans les profondeurs méconnues de la station spatiale Prima. Ils marchent un bon moment. D'après la faible inclinaison de la gaine, ils estiment avoir franchi l'équivalent de quatre ou cinq étages. Zaza se heurte soudain le nez contre une trappe qu'elle n'avait pas repérée.

Avec mille précautions, Pixie repousse le panneau qui ne cède cependant que sous une solide pression de l'épaule. Tant et si bien qu'il manque de tomber de l'autre côté. Les deux jeunes rebelles, bouche bée dans l'embrasure du conduit d'aération, découvrent avec stupeur l'immense et vertigineux entrepôt où l'on remise les SubGO !

Les corps inertes sont disposés en rangée et étagés sur une dizaine de plateformes grillagées. Ils reposent en position verticale dans une sorte de cube sanitaire transparent plein d'un liquide étrange. En théorie, l'entrepôt contient autant de clones substituts pour greffes d'organe qu'il y a de Primiens, soit environ cinq millions. Chacun est alimenté par un tube multifonctionnel qui assure l'apport en oxygène, en oligoéléments ainsi que la viabilité des organes vitaux. Seule la respiration chuintante des SubGO trahit la présence de la *vie*.

Les deux Sélènes remarquent une passerelle sur laquelle ils atterrissent. Ils se retrouvent ainsi presque à portée de main des clones. La vue de ces *non-êtres* leur glace le sang. Zaza se met à philosopher.

– Crois-tu en l'existence de l'âme, Pixie ?

– Bien sûr. C'est ce qui nous différencie des animaux.

– Vraiment ?

– Que veux-tu dire ?

– Je ne sais pas trop…, déclare-t-elle, songeuse. Nous sommes aussi des animaux. Pourquoi posséderions-nous une âme et pas eux ? Et puis, comment se fait la distribution des âmes ? On m'a raconté qu'auparavant, un dieu y veillait. Mais depuis que l'Union l'a remplacé, est-ce l'astrogouvernement qui remplit cette tâche ?

Pixie secoue la tête en ricanant.

– C'est bien plus compliqué que ça, je crois. Ce dieu dont tu parles, certains disent qu'il n'a jamais existé. Alors, il ne peut pas être mort, tu vois ?

– Peu importe, l'interrompt Zaza avec vigueur. Tu ne comprends pas ce que j'essaie de dire. Regarde ces corps. Ils sont pareils aux nôtres. Des copies conformes. J'imagine que tu vas me dire qu'ils n'ont pas d'âme.

– Évidemment.

– Alors pourquoi nous et pas eux ? questionne-t-elle à nouveau.

– Parce que leur conception est mécanique, artificielle. Elle ne résulte pas de l'amour, mais de la science.

– Tu crois vraiment que l'univers se préoccupe de l'amour ? Qu'il fait la différence entre un acte mécanique et un acte sentimental ? Et si, à la place de ce dieu, c'était l'âme qui n'existait pas ? Peut-être ne l'avons-nous inventée que par narcissisme, que pour nous prouver notre supériorité sur les autres espèces ? Ou bien peut-être avons-nous tous une âme, sans distinction du règne : animal, végétal et SubGO, tous sur le même pied d'égalité...

Pixie ne sait définitivement pas quoi répondre au questionnement existentiel de son amie. Pourtant, il lui semble que la quête de l'amour, du bonheur, de la perfection aussi, soit le propre de l'homme, qu'elle lui confère une certaine noblesse, bien qu'elle ait provoqué maintes guerres sanglantes par le passé. Et encore aujourd'hui. Cette quête d'absolu ne proviendrait-elle pas d'un élément supérieur ? De l'âme ?

Il pousse Zaza devant lui pour l'obliger à marcher et oublier ce qui la préoccupe. Mais il s'immobilise aussitôt devant un des clones substituts. Sur le plexiglas du cube le protégeant, il remarque une note imprimée en noir :

SubGO du citoyen Wiki
Identification : Wik-11072049.C-M
Prima Quartier central/Policier grade A1

— Le secteur doit être bouclé à l'heure qu'il est. Seules les empreintes d'un policier de grade supérieur pourront nous en faire sortir.

— Que veux-tu faire au juste ? s'inquiète Zaza.

— Le corps est nécessairement relié à un dispositif de sécurité. En l'ouvrant, le liquide va s'écouler. Nous donnerons ainsi notre position. Mais crois-tu qu'avec ton numériseur d'hologramme, nous pourrions reproduire ses empreintes digitales ?

Zaza suppose que oui. Aussi lui tend-elle son utilitaire personnel. La passerelle s'ébranle alors légèrement.

– Arrête de bouger comme ça, Zaza.

– Ce n'est pas moi. Écoute !

Le garçon tend l'oreille. Il perçoit le bruit de pas qui croît rapidement. La passerelle s'agite de plus en plus. Sans un mot, ils rebroussent chemin, à la recherche d'une trappe pour se cacher. Mais sur leur route se dresse Hub. Sa vue tétanise Pixie.

– Dépêchez-vous ! leur lance le Primien. Par ici !

Zaza empoigne le bras de son ami Sélène mais celui-ci se dégage d'un geste brusque. Il regarde le nouveau venu d'un air suspicieux.

– Il est avec nous, lui assure-t-elle.

Hub sourit en tendant la main.

– Je ne devais pas vous accompagner, mais en captant les ordres de la police primienne, on m'a demandé d'intervenir. J'ai des empreintes policières qui nous feront accéder aux quais spatiaux. Il n'y a plus de temps à perdre. Il sera bientôt vingt-trois heures. Iso et Coupefeu sont sur votre piste.

Pixie reste de marbre. Il ne se résigne pas à remettre sa destinée entre les mains du délégué unioniste.

– Toi, un rebelle ?

– Oui, de père en fils depuis 2011. Nous avons infiltré l'élite solaire pour mieux agir.

– Prouve-le-moi.

– Tu devras me croire sur parole. Le temps presse. Dans quelques minutes, tu sauras que je dis vrai.

– Mais je n'ai pas été contacté…

– Loga te suivait pas à pas. Il y avait trop de risques d'échec. Zaza était notre complice.

Le Primien leur lance deux pochettes dans lesquelles il a glissé des combinaisons du personnel de la compagnie aérospatiale, ainsi que des casquettes. Pixie consent à imiter Zaza, qui enfile le vêtement par-dessus celui qu'elle porte.

Les deux Sélènes, arborant leur nouvelle tenue, s'élancent sur la passerelle. Leur allié les conduit jusqu'à la grille d'une étroite gaine d'aération. Ils rampent en ligne droite sur quelques mètres. Ils empruntent ensuite un conduit transversal qui s'élève en douceur. Le Primien repousse la trappe et fait sortir ses compagnons. Ils arpentent le couloir d'entretien jusqu'à un sas. À l'aide des empreintes policières, l'ouverture glisse et leur permet d'accéder à une petite salle ronde munie d'une seconde porte. Par le hublot, ils aperçoivent un autre tunnel semblant se refermer sur lui-même.

– Une petite course de cinq cents mètres, ça vous dit ? Les quais spatiaux sont au bout.

Hub plaque sa main contre le lecteur d'empreintes. Aussitôt engagés dans le long corridor, Pixie et Zaza se sentent littéralement projetés dans les airs. Tandis que leurs pieds s'agitent dans le vide, leur tête rase la paroi supérieure. Ils reviennent enfin sur le sol après quelques secondes de voltige au ralenti.

– Je ne m'habituerai jamais à l'état d'apesanteur, se plaint Zaza en essayant d'aller aussi vite que possible sans voler en tous sens.

Pixie se heurte à plusieurs reprises contre les murs. Malgré eux, les trois jeunes exécutent différentes arabesques aériennes, maîtrisent mal leurs bonds en avant. Peu à peu, ils aperçoivent un hublot, loin devant eux. Plus ils s'en approchent, plus leur cœur s'emballe. Dans leur for intérieur, chacun pense à la possibilité de tomber aux mains des sbires du chef Coupefeu et du docteur Iso. À travers la vitre du hublot, le visage de Tiff leur sourit. Il leur fait signe d'accélérer leur course. L'adolescent disparaît d'un côté et le sas s'ouvre. Franchissant la porte au même moment, Pixie, Zaza ainsi que Hub retombent lourdement sur le sol d'une petite pièce de décompression. Ils se relèvent et découvrent, à quelques mètres seulement, les trois navettes de ravitaillement.

D'un synchronisme parfait, ils vissent leur casquette sur leur tête pour cacher le plus possible leur visage et pénètrent l'aire de lancement d'un pas décidé. Grâce à un treuil hydraulique, ils font semblant de s'affairer au déchargement de gros conteneurs. Chacun renferme des centaines de caisses d'approvisionnement en provenance de la Terre. Ces denrées seront ensuite apportées au centre de transformation et de déshydratation. Quelques astrodébardeurs chargent également des conteneurs de caisses vides pour le retour sur la planète bleue. Un puissant faisceau rouge clignote et zèbre les quais spatiaux. Un coup de corne paralyse les rebelles qui craignent le pire.

– Dernier contrôle de routine ! crie le chef de service à la ronde.

Les employés s'activent. Les quatre rebelles montent à bord d'une navette. Ils se faufilent entre les nombreux conteneurs et font mine de vérifier leur ancrage au sol. Après une dernière inspection, les employés ressortent de l'engin. Leur chef procède au décompte de ses effectifs. Toute son équipe est là.

– Parfait, dit-il. On retourne au bloc d'observation.

Les débardeurs aérospatiaux s'exécutent. Leur chef, quant à lui, autorise la fermeture des soutes des navettes. Une fois dans le bloc d'observation, il enclenche la mise à feu.

À bord de l'appareil, Pixie, Zaza, Hub et Tiff soupirent d'aise. Ils s'installent sur des strapontins, dégagent le compartiment au-dessus de leur tête pour y prendre des masques à oxygène et bouclent les harnais de sécurité. Dans la demi-obscurité de la soute, ils attendent impatiemment le départ.

Pixie, fort ému, sent des larmes piquer ses prunelles. Dans sa main, il serre de toutes ses forces le bout de papier offert par Prof quelques mois plus tôt.

❋

L'aile D du bloc médical est sens dessus dessous. La police secrète, sous les ordres du chef Coupefeu, fouille le moindre recoin. Elle a mis la main sur l'utilitaire personnel de Pixie et les empreintes volées de Loga. Elle a pu suivre la trace des rebelles jusque dans l'entrepôt de SubGO.

Sur la passerelle branlante, le docteur Iso tourne sur lui-même. Il regarde les clones substituts avec une inquiétude croissante.

– Mais pourquoi sont-ils venus ici ? fulmine-t-il. Que cherchaient-ils au bloc médical ?

Puis, se tournant vers Coupefeu, il demande d'un ton sec :

– Que disent les traceurs de PIP ? Avez-vous bien condamné toutes les issues civiles ?

– Affirmatif, répond le chef de police. Quelqu'un a dû les aider. Quelqu'un muni d'empreintes passe-partout. Je ne vois pas d'autres raisons.

Un policier de grade inférieur avance d'un pas en direction du médecin.

– Voilà, mon traceur vient de les repérer.

Coupefeu consulte le plan électronique de la zone affiché sur le moniteur de son subalterne.

– Bon sang ! tempête-t-il. L'aile D du bloc médical et les quais spatiaux ont en commun un certain nombre de couloirs d'entretien !

Il appuie sur l'une des minuscules touches de son bracelet et obtient aussitôt la communication avec les quais spatiaux.

– Faites annuler tous les vols jusqu'à nouvel ordre !

– Bien, monsieur, répond le chef de service.

– À quand remonte le dernier départ ? s'enquiert le docteur Iso.

– Il y a une minute à peine, monsieur. Il s'agit d'une navette de ravitaillement. Destination suivie : Terre.

– Quoi ? font Iso et Coupefeu de concert.

Chapitre V

Le bunker

LA NAVETTE prend enfin son envol. Le choc violent du décollage assomme Pixie. Sa tête tombe mollement d'un côté, contre la bourre du harnais de sécurité. L'appareil s'agite en tous sens, comme secoué par une tempête. Au bout de quelques minutes, les secousses cessent et la navette navigue sereinement dans l'espace sidéral. Elle croise d'autres engins de service qui font escale sur Prima. Elle change de cap puis file vers la planète bleue.

– Pixie ? fait Zaza en tapotant la cuisse de son ami. Ça va ?

Le garçon ne répond pas.

– Il a sans doute perdu connaissance, prétend Tiff. Ça arrive souvent. Il va bientôt revenir à lui.

Dans la pénombre, Zaza se penche maladroitement vers Hub. Elle se cogne le nez sur le masque du garçon.

– Zaza ? Tu ne t'es pas fait mal ?

– Non, non, murmure-t-elle à son oreille.

Elle soulève son masque et dépose sur sa joue un baiser timide.

– Je suis heureuse que nous ayons réussi.

– Moi aussi, déclare soudain Pixie d'une voix pâteuse. Je savais bien qu'il y avait quelque chose entre vous deux. Mais Hub est bien trop vieux pour toi !

Les joues de la fille s'empourprent.

– Quatre ans, remarque Hub, ce n'est pas si pire que ça…

Le Sélène tâte sa nuque endolorie. Ses tympans le font atrocement souffrir. Quelques vagues de nausée vont et viennent. Dans la soute, la température ambiante commence à chuter. Son corps grelotte, mais la sueur perle à son front. La fatigue l'envahit.

Tiff tend à chacun des sachets de nourriture déshydratée. Tandis que les jeunes avalent le tout goulûment, il retire le masque de silicone qui couvrait ses traits, puis se charge de condamner l'accès interne à la soute afin d'empêcher les membres de l'équipage de les appréhender. Pixie considère le véritable visage de leur allié avec surprise.

– Quelle est la durée du vol ?

– Une vingtaine d'heures, affirme l'inconnu âgé d'une trentaine d'années.

– Qui êtes-vous ?

– Je m'appelle Vector, un ami de Prof.

Les nausées de Pixie persistent, son estomac reste fragile. Il rote malgré lui. Le léger repas lui procure un peu de chaleur, qui s'envole toutefois presque aussitôt. Sans crier gare, le garçon régurgite dans son masque à oxygène. Il le retire rapidement pour s'essuyer la bouche du revers de sa manche. Ses compagnons manifestent leur dégoût à l'unisson. Crachant et toussant, Pixie commence peu à peu à manquer d'air. Son râle effraie Vector. L'homme se détache du strapontin et cherche dans le compartiment supérieur un autre masque. Il en trouve un qu'il plaque sur le visage du garçon.

Les poumons de Pixie s'emplissent à nouveau d'air. Ses muscles se détendent peu à peu. Au bout d'un moment, il réussit à souffler :

– Ça va mieux, maintenant. J'ai hâte d'être sur Terre et de me reposer de toute cette aventure.

– Ce n'est pas une partie de plaisir qui vous attend là-bas. La vie dans les zones non protégées demeure très dangereuse. La rébellion a un coût. Nous vous avons offert généreusement notre aide. La cause espère la vôtre en retour, si vous demandez notre protection.

Pixie fait la moue.

– Nous devrons vous aider pendant combien de temps ? Quand considérerez-vous que notre dette est payée ?

– Tu te montres égoïste, remarque Hub. Tu voudrais vivre selon tes propres rêves sans aider les autres à obtenir la même liberté ? C'est pitoyable !

– Allons ! intervient Zaza. Vous savez très bien que vous pouvez compter sur Pixie !

Celui-ci relève à son tour le harnais de sécurité. Il regarde Vector sans sourciller.

– Mettons les choses au clair. Vous m'avez aidé, et je vais vous aider. Mais que peut bien faire une poignée de rebelles sur Terre contre les dix-sept millions d'unionistes du Système solaire ? La liberté que je suis en train d'acquérir, c'est pour la vivre. Pas pour la mourir ! Et puis vos menaces... *Sans la protection des rebelles...* Vous nous livreriez donc aux horribles mutants... Ça, c'est pitoyable !

L'homme rit malgré lui.

– Une poignée, dis-tu ? Il y a bien plus de rebelles que tu crois. Quant aux mutants, c'est une autre histoire.

Pixie secoue la tête en pensant à cette meute de sous-hommes assoiffés de sang et de chair qui n'hésitent pas à dévaster les zones balnéaires pour revendiquer leurs droits.

– Nous ne les avons vus que sur les moniteurs de l'Union, poursuit Vector. L'astrogouvernement montre ce qu'il veut bien. Il n'hésite jamais à modifier les astroreportages à son gré. L'éveil électronique de ton SubGO prouve d'ailleurs qu'on ne nous dit pas toujours la vérité. Savais-tu qu'il existe sur la station Artistella un studio de cinéma où l'on fabrique des nouvelles dans le seul but d'affermir la fibre unioniste ? Les mutants ne sont qu'une invention des unionistes.

Le garçon plisse les yeux. Certains reportages lui ont déjà paru plus qu'étranges. Il a entendu des rumeurs circuler à ce sujet. Mais comment s'assurer de leur fondement ?

❈

Le choc terrible de l'atterrissage les secoue en tous sens, comme si la navette s'écrasait au sol. Le harnais de sécurité du siège de Zaza cède et l'impact la projette contre un conteneur. Elle gémit de douleur, saigne à la tempe. L'appareil stoppe enfin. Les rebelles se précipitent sur leur compagne blessée.

— Ce n'est rien, constate Vector après un examen rapide. Elle s'en tirera avec une bonne ecchymose.

— Que s'est-il passé ? s'informe Pixie.

— Probablement une tempête de sable. Les tempêtes demeurent très imprévisibles et forment un écran opaque. Les pilotes doivent alors manœuvrer en mode manuel pour se poser.

— Que faisons-nous, maintenant ?

Vector prend une torche électrique dans le compartiment au-dessus des sièges et se rend au panneau de contrôle afin d'ouvrir lui-même la porte externe de la soute. Il tient le bout de la torche dans sa bouche, tandis que ses doigts habiles traficotent les fils du panneau. Les secondes s'envolent, puis les minutes. Un silence de mort plane. Au bout d'une éternité, un colossal déclic retentit. Les rebelles tournent la tête vers une étroite bande lumineuse horizontale qui apparaît et s'élargit. Le soleil darde ses rayons en même temps que pénètre dans la soute un nuage de sable soulevé par le vent. Éblouis, ils plissent les yeux et mettent leur main en visière. Dans la puissante lumière crayeuse du jour, ils ne voient rien.

– Vec ! crie une voix au loin qui fait bondir Pixie de joie.

– Prof ?

– Dépêchez-vous avant que la sécurité intervienne. La piste d'atterrissage n'est pas très loin. La tempête est terminée depuis un moment.

Le jeune colon s'élance vers son ancien protecteur, mais l'homme qu'il rencontre diffère de celui qu'il a connu. Prof arbore désormais des cheveux blonds coupés en brosse. Une longue cicatrice serpente sur sa peau blanche. Ses yeux bleus brillent d'un autre éclat. Seuls ses gestes possèdent la même confiance. Et sa voix la même résonance.

– Le masque ne reflète pas l'âme, déclare-t-il en remarquant le trouble du garçon. Je te souhaite la bienvenue sur Terre, Pixie. Et à toi aussi, Zaza.

Encore sonnée par le choc de l'atterrissage, la jeune fille lui sourit gauchement.

Prof remet sans tarder aux deux fugitifs d'épais colliers qui serviront à bloquer le signal émis par leur PIP.

Les pilotes de la navette, ainsi que leur petit équipage, sortent à leur tour. Armés de fléchettes immobilisantes, ils mettent en joue les rebelles. Ceux-ci sautent à bord d'une vieille jeep munie de deux énormes piles solaires, et foncent dans le désert. On tire sur eux, mais les projectiles n'atteignent pas leur cible. Le véhicule roule trop vite et disparaît derrière de hautes dunes blondes.

Le ciel sans nuages fascine Pixie. Il tend le menton en avant et présente son visage au soleil. Il secoue sa chevelure dans le vent. Il n'en revient pas : il respire enfin la liberté ! Bien que sa combinaison lui colle à la peau et que de gros cercles de sueur se dessinent sous ses

aisselles, le garçon nage en plein bonheur.

Après trois heures de route et de
paysage uniforme dans les zones non
protégées, la jeep arrive en vue d'une
oasis. Une tente de toile s'élève sous les
palmiers. Le campement rudimentaire
sert d'étape. Les rebelles y passent la
nuit, qui a tôt fait de survenir. La température chute. Il fait froid. Croulant de
fatigue, chacun s'endort, emmitouflé
dans d'épaisses couvertures.

❋

Au petit matin, la jeep reprend sa
route. Les dunes continuent de défiler
pendant près de la moitié de la journée.
Au zénith, les rebelles aperçoivent le
miroitement d'une ancienne tour
radio.

– Nous sommes arrivés, annonce
Prof en appuyant un peu plus sur l'accé-
lérateur.

Pixie et Zaza ne voient rien d'autre
que la tour. Hub leur indique une rampe
d'accès souterraine où ils s'engouffrent.
Ils découvrent alors une cité miniature
fort occupée au cœur d'un ancien bunker.

La centrale informatique emploie une centaine de personnes qui s'affairent à décoder les messages transmis par satellites. D'autres exploitent un potager hydroponique.

Des chiens courent vers les arrivants et leur présentent avec empressement leurs pattes avant. Zaza émet un petit cri de stupeur. Jamais elle n'avait cru que ces bêtes pouvaient être aussi grosses. Son ami les caresse en riant. Les chiens lui répondent en le léchant.

– Touche, Zaza, comme c'est doux ! Ce n'est rien comparé aux Jama !

La fille s'exécute avec prudence. Les poils de l'animal glissent entre ses doigts. Sa main va et vient. Elle voudrait enfouir son visage dans le doux pelage.

Prof prend ses deux pupilles par les épaules.

– Il faut retirer vos PIP immédiatement. Elles risquent de trahir notre positionnement. Venez. Ce ne sera pas douloureux.

Les deux jeunes s'installent sur de longs fauteuils décorant une minuscule salle servant de bloc médical. Une femme les salue avant de leur injecter dans le bras un anesthésiant.

– Je m'appelle Romie, l'épouse de Prof. L'intervention ne durera qu'une quinzaine de minutes. Quand vous vous réveillerez, vous serez des citoyens libres.

Pixie remarque le ventre rebondi de la femme. Elle est enceinte.

– Et Hub ? demande-t-il d'une voix faiblissante.

– Hub a une PIP externe qu'il peut désactiver à sa guise. Tout comme nous. Tu en auras aussi une si un jour tu décides de retourner là-haut. Et si l'Union gouverne toujours…

À leur réveil, pour le souper, les nouveaux habitants du bunker font la découverte d'une myriade de saveurs insoupçonnées. Ils goûtent à la fraîcheur des tomates, des concombres et des poivrons. Les oignons les font pleurer. Ils apprennent aussi à manger des serpents rôtis, capturés le jour par des chasseurs aventureux qui se drapent à la manière des anciens Bédouins. La nourriture terrestre n'a rien à voir avec les sachets déshydratés qu'on retrouve sur les stations spatiales ou dans les colonies. Et non seulement leurs papilles se réjouissent, mais le parfum de la coriandre et du basilic chatouille délicieusement leur odorat.

– Je peux prendre une seconde portion ? demande Pixie en tendant le bras vers un bout de serpent. C'est vraiment bon !

Ses compagnons de table, qui exhibent tous autour du cou le fameux pendentif emblème des rebelles, rient de bon cœur devant l'enthousiasme du garçon.

– Bien sûr, répond Prof. Prends ce que tu veux. En autant que tu ne te rendes pas malade !

Avec un plaisir manifeste, le jeune Sélène attrape le bout de serpent avec ses doigts et l'avale d'un trait, ce qui fait grimacer Zaza.

Rapidement, les nouveaux habitants du bunker se familiarisent avec la vie souterraine. Les détracteurs de l'Union fourmillent en tous sens sans jamais s'arrêter. La vie de rebelle ne semble pas une sinécure. Les quarts de travail se relèvent à tour de rôle. Les conversations tournent autour du même sujet : le renversement du gouvernement.

La Terre ne ressemble pas à ce que Pixie avait imaginé. Pas plus qu'aux aventures de *Terræ*, ni aux zones protégées de villégiature où séjournent les astrotouristes.

– J'aimerais tellement voir l'océan, souffle-t-il avec regret.

– L'océan ? fait Hub en ricanant. Il est à près d'un millier de kilomètres. Dix-huit heures de route difficile en plein désert. Et ça, si on ne se perd pas !

Hébété, Pixie considère du coup que la *planète bleue* ne constitue pas un surnom approprié. On aurait dû qualifier la Terre de *planète dorée* tant le désert règne en maître sur cette partie du globe.

– Crois-tu qu'un jour nous pourrons y aller ? s'enquiert-il.

Hub hausse les épaules.

– Sûrement, mais pas tout de suite. Priorités obligent.

Le Primien s'éloigne, laissant les deux jeunes colons à leur déception.

– J'ai l'impression de me trouver prisonnière d'un nouveau gouvernement tout aussi contrôlant que le précédent, observe Zaza.

– Je me disais justement la même chose, soupire son ami.

Le soir, avant d'aller dormir, Pixie remarque les yeux bouffis de Zaza. La jeune fille s'ennuie de sa famille. Elle pleure en cachette. Si ce n'était des autres rebelles, le garçon se laisserait lui aussi aller à verser quelques larmes. Mais à quoi cela servirait-il, sinon à exacerber davantage la tristesse de sa compagne ?

Allongé sur son lit de camp, il garde les yeux grands ouverts dans le noir.

« Oui », murmure-t-il en se rappelant une promesse qu'il s'était faite, quelques mois auparavant. « Ma famille viendra me retrouver ici. Et celle de Zaza aussi. »

La Lune brille dans le ciel parsemé d'étoiles. Upsilon, si minuscule, n'est pas visible. Pixie jette un regard circulaire autour de lui. Seule l'ombre des dunes monte la garde en ondulant ici et là. Aucune trace de la tour radio, ni de la rampe d'accès au bunker. La brise glaciale de la nuit soulève le sable. Le garçon grelotte. Il tourne sur lui-même. Rien. Que le désert mystérieux et silencieux.

– Zaza ! crie-t-il. Zaza ?

Aucune réponse. Une grosse boule d'anxiété se forme et noue sa gorge. Il avance d'un pas. Soudain, il se sent aspiré vers le bas. Il tente d'extirper sa jambe des sables mouvants mais plus il bouge, plus il s'enfonce. En moins de deux, les profondeurs du désert enserrent sa taille.

– Au secours ! hurle-t-il à pleins poumons. À l'aide !

Ses mains balaient furieusement l'air à la recherche d'un objet auquel s'agripper. Sa poitrine s'enlise, puis son cou. Il renverse la tête. Sa bouche s'ouvre vers la Lune impassible.

– Pitié !

Les sables voraces atteignent son visage quand une silhouette inconnue surgit pour lui prêter main-forte. Émergeant du néant, Pixie découvre alors le visage monstrueux et le corps difforme de son sauveur. Celui-ci s'amuse de la crainte et du dégoût du garçon.

– Je te laisse le choix, petit imprudent : ou bien je te mange tout cru à la place du désert, ou bien tu deviens mon esclave !

Le rire maléfique de la créature éclate dans la nuit qui s'assombrit davantage.

En sueur, Pixie se réveille et s'assoit carré dans le lit de camp. Il passe une main tremblante sur son front. Le cauchemar semblait si réel. Il se souvient de l'odeur fétide émanant de la bouche du monstre. Il frissonne de dégoût.

– Tu as rêvé à eux, n'est-ce pas ? prononce une voix près de son oreille.

Le garçon tourne la tête et reconnaît, avec un bonheur sans nom, son ami le vieillard.

– Je suis si content de vous voir ici…

Il s'interrompt, car il ne connaît rien du vrai nom du rebelle. Devinant les pensées de son jeune ami, l'homme se présente :

– Je peux maintenant te le dire. Je m'appelle Gabriel. Ou Gab, si tu préfères.

Pixie fronce les sourcils.

– Quel prénom étrange !

La remarque n'offusque pas Gabriel.

– Je suis presque aussi vieux que ce siècle, tu sais. À l'époque, l'informatique et l'électronique n'influençaient pas encore les parents dans le choix du prénom de leurs enfants.

Le garçon l'écoute en souriant. Presque aussi vieux que le siècle. Il a dû en voir des choses ! Il repousse la couverture puis se lève.

– Que vouliez-vous dire par « tu as rêvé à eux » ? Comment le saviez-vous ?

Le vieil homme soupire en levant les bras d'impuissance. Il regarde un instant le sol avant de reporter son attention sur Pixie.

– Nous ne savons pas trop. Mais en arrivant sur Terre, il arrive à plusieurs de faire des rêves prémonitoires ou extralucides. Il se pourrait que les radiations encore dans l'air en soient la cause. Pour ma part, je crois simplement que notre crainte d'affronter les mutants affecte notre inconscient.

– Vector prétend qu'ils n'existent pas.

– Depuis l'établissement de nos camps secrets, nous n'en avons jamais rencontré. Ceux que nous voyons en rêves sont des créatures horribles, en effet. Mais nous ne connaissons rien d'eux. Certains d'entre nous pensent que les mutants se seraient alliés, il y a très longtemps, au gouvernement, lors de la formation des États membres. Plusieurs théories circulent. Nous n'avons malheureusement pu en valider aucune. Grâce aux satellites, nous croyons cependant savoir où ils se terrent. D'ici quelques jours, nous connaîtrons enfin la vérité.

– Puis-je vous accompagner ?

Gabriel secoue la tête.

– Hors de question d'y envoyer des enfants. La mission est par trop périlleuse. Et surtout, nous les soupçonnons de ne pas utiliser que des fléchettes immobilisantes. Sans compter que le terrain est parsemé de mines. Non, tu resteras ici avec les autres et quelques adultes dont Romie. Sans oublier Coach !

– Coach ?

Le vieux rebelle lui tend le nano-ordinateur.

– Il a été complètement remis à neuf. C'est ton cadeau de bienvenue.

Pixie place aussitôt le nano-ordinateur autour de son poignet et serre le vieillard dans ses bras.

– Merci, murmure-t-il, ému.

❋

Les préparatifs pour l'expédition vont bon train. Tous les habitants du bunker mettent la main à la pâte. Même les plus jeunes, bien qu'ils ne participent pas à l'assaut. Pixie et Zaza font partie de l'équipe responsable des provisions. Ils dressent les menus de soixante-quinze personnes pour une campagne qui doit durer une dizaine de jours. Ils emplissent d'eau de petites citernes portatives, calculent minutieusement les rations, opèrent une razzia dans le jardin hydroponique. Ils font ensuite sécher tomates, dattes, oranges et fines herbes au soleil cuisant du désert. Ils cuisinent aussi de la purée de lentilles et de pois chiches que l'on gardera au frais dans des frigos solaires.

Tout en vaquant à leur besogne, les deux anciens colons d'Upsilon ne manquent pas de se tenir au courant des nouvelles propagées par l'Union aux quatre coins du Système solaire. Aux yeux des astrocitoyens, la navette devant rapatrier les deux jeunes stagiaires sur la Lune a été la victime d'une attaque terroriste. On n'a retrouvé aucun survivant.

Cependant, le gouvernement n'a pas prévu la riposte des rebelles. Ceux-ci, afin de contrer les effets pervers d'une telle mise en scène, et surtout de faire une brèche indélébile dans le paradigme unioniste, court-circuitent pendant quelques minutes les ondes émises par l'astrogouvernement et réussissent à présenter leur premier bulletin spécial dans lequel Pixie et Zaza affichent une forme splendide.

Aussitôt diffusé, le bulletin sème la panique. Dans les stations spatiales et les colonies, l'Union est bombardée de questions auxquelles personne ne détient de réponses. L'agitation règne partout. Les astrocitoyens se montrent de plus en plus critiques envers le moindre incident ou nouvelle. Ils réclament la vérité, la transparence, le droit de savoir ce qui se passe vraiment sous leur nez. Pour la première fois depuis des décennies, ils exigent des comptes. Prise de court, l'Union se perd en conjectures. Les délégués se contredisent entre eux, ce qui exacerbe la suspicion de chacun.

Dans les nombreux bunkers de la Terre, les habitants souterrains exultent. Leur victoire approche. Bientôt, ils récolteront le fruit de leurs sacrifices.

Le lendemain de la diffusion du bulletin spécial, les rebelles arriment solidement aux jeeps les citernes, les frigos solaires, les caisses de fléchettes et de gaz immobilisants, ainsi que le matériel de détection, de premiers soins et de campement. Ils prennent place à bord et saluent en silence ceux qui restent.

Romie essuie une larme au coin de son œil. Un à un, les véhicules quittent le bunker en empruntant la rampe sinueuse.

Au pas de course, quelques jeunes, accompagnés de chiens, suivent la dernière jeep sous les rayons meurtriers du soleil. Pixie met sa main en visière. La file des véhicules semble frissonner sous l'effet de la réverbération. Moins d'une minute plus tard, le désert de dunes redevient paisible. Un affreux pressentiment s'empare de lui. Et s'ils ne revenaient pas ?

Soulagé de son habituelle agitation et de la majorité de ses habitants, le bunker paraît maintenant étrange, trop grand. La mine longue, les jeunes rebelles errent sans but dans les corridors souterrains. Ils n'ont pas l'esprit au jeu ni à l'étude. L'inquiétude croît. Deux jours plus tard, ils n'obtiennent plus de communication avec leurs aînés. Ils imaginent le pire.

– Il doit y avoir une tempête de sable dans la zone, suppose Romie en interrogeant les satellites.

Elle essaie de nouveau d'établir un contact, en vain. Zaza s'approche de Pixie.

– J'ai fait un autre cauchemar, cette nuit, lui annonce-t-elle.

– Oui, moi aussi.

– Ils venaient ici…

Le garçon ne tient pas à entendre la suite. Les images trop réelles de son propre rêve reviennent le hanter.

– Qui vient à la chasse aux serpents avec moi ? propose-t-il, avide de se changer les idées.

Trois jeunes se portent volontaires. Ils se drapent de larges tissus, puis se dirigent vers l'immense porte bloquant la rampe d'accès. Aussitôt le déverrouillage enclenché, le panneau s'élève en faisant un bruit infernal. Les apprentis chasseurs font un pas en avant et se penchent pour passer sous la porte.

– Faites attention ! leur enjoint Romie. La nuit va bientôt tomber !

Au même moment, Zaza les voit tous s'écrouler à tour de rôle. Une canette roule alors sur le sol et libère un nuage de gaz immobilisant. Elle s'élance vers la manette de verrouillage en criant, mais s'effondre avant de l'atteindre.

Chapitre VI

L'Éden

PIXIE étire un bras, puis une jambe.
Sous ses paupières closes, le globe de
ses yeux s'agite de gauche à droite. Il se
tourne d'un côté, gémit un instant. Il se
réveille en redressant le haut de son
corps. Son regard incrédule plane autour
de lui. Les murs gris pâle de la pièce sont
recouverts de capitons. Seul le lit décore
l'endroit anonyme et singulier. Au-
dessus de lui, un néon diffuse une lumière fatiguée, victime de ratés.

Quel est cet endroit ?

Il baisse la tête. Les draps gaufrés, aussi
de couleur grise, piquent sa peau. D'un
mouvement de pédalier, il les repousse.
Il ne porte qu'une courte combinaison de

nuit. Il fronce les sourcils, cherche quelque chose dans sa mémoire. D'instinct, il se masse le bras gauche. Une énorme ecchymose bleuit son biceps. Une étrange douleur irradie tout le côté de son corps.

Inquiet, le garçon met un pied à terre. Pris d'un vertige qui brouille sa vue, il tombe à genoux sur les carreaux froids. La bouche béante, l'œil hagard, il se relève peu à peu.

Que se passe-t-il ?

Le jeune rebelle tend la main vers le mur et s'y appuie. Marchant d'un pas hésitant, il fait le tour de la pièce à la recherche de… de… De quoi au juste ?

Le néon cille de plus belle. Il tend l'oreille. Rien. Que sa respiration qui s'emballe progressivement pour rythmer ses craintes. Celles-ci se multiplient à une vitesse fulgurante, tambourinent sur son crâne comme une affreuse migraine.

Il ferme les yeux. Son esprit tente d'y voir plus clair. De toute évidence, il est prisonnier. Mais de qui ? Dans un coin de la chambre capitonnée, une trappe qu'il n'avait pas vue s'ouvre. Un plateau glisse sur le sol. De la nourriture ! Pixie se pourlèche les babines. La faim le tenaille. Il attrape le bol de purée et mange avec avidité. Il s'essuie la bouche avec la couverture du lit. La tête droite, le corps redevenu solide, ses forces et sa lucidité reviennent complètement.

Il se souvient de l'attaque, du visage de Romie, du cri de Zaza. Il se mord la lèvre. Pourvu que rien ne leur soit arrivé.

– Ce ne peut être que les mutants…

La trappe s'écarte de nouveau. Deux bras saisissent le plateau et l'échangent contre une pochette de tissu foncé, ainsi qu'une paire de chaussons.

– Attendez ! implore Pixie.

– Habillez-vous et soyez prêt ! lui intime-t-on.

Le garçon cherche la présence d'une silhouette ou d'un émetteur, mais n'aperçoit rien.

– Allez ! sermonne la voix. Ne faites pas attendre Mme Cronos !

Pixie crispe la mâchoire. Il n'apprécie pas qu'on l'observe à son insu. Comme il redoute la susceptibilité de ses geôliers, il enfile en silence la combinaison livrée dans la pochette. Une section du mur capitonné se replie alors sur elle-même. Un gardien lui fait signe d'avancer. Il sort de la cellule et pénètre dans un long couloir. Un homme lui empoigne solidement le bras et le conduit tout au bout, où ils gravissent plusieurs escaliers.

Il se retrouve dans un vaste jardin baigné par les rayons du matin. Le gardien, sans un mot, l'y abandonne. Le garçon hésite. Est-ce un piège ? Il s'aventure avec prudence sous les vignes qui s'enroulent autour de cordelettes et pendent entre des colonnes de style ionique, créant un ombrage diaphane. Des fleurs odorantes tapissent le parterre. Une mosaïque de galets ovales, tantôt noirs, tantôt blancs, orne des sentiers sinueux. Le jeune rebelle en emprunte un. Il écoute le chant des oiseaux. Il repousse de la main le vol aveugle d'une abeille. Un chat qui se léchait une patte court maintenant après un papillon blanc tourbillonnant.

Pixie sourit malgré lui, tandis qu'une larme pique le coin de son œil. Tout est si beau, si féerique !

– Exactement comme *Terræ*, n'est-ce pas ?

La voix féminine, quelque peu chevrotante, le fait sursauter. Il aperçoit alors, à l'extrémité du jardin, une silhouette assise, dont le visage disparaît sous un large chapeau de paille. Quelques mèches blanches tombent sur son dos. Pixie marche dans sa direction. Le paysage l'enchante. Le jardin, juché sur un haut plateau, domine une merveilleuse vallée. En contrebas, la brise caresse les épis qui s'inclinent en guise de révérence.

– Qui êtes-vous ?

La femme ne bronche pas. Son visage demeure caché. Ses lèvres remuent et sa voix tremblote avec douceur, comme celle d'une grand-mère bienveillante.

– Je gouverne tout ce que tu vois. Mon domaine s'étend au-delà de tous les horizons. J'ai fait de l'Éden ma maison. Et toi, qui es-tu ?

Au-delà de tous les horizons... Cela veut dire... Le monde entier ?

Bien qu'il veuille croire en la beauté magique des lieux, il ne se laisse pas duper pour autant. La précarité de la situation le pousse à la diplomatie.

– Je suis Pixie, à votre service, madame.

– Voici la plus intelligente réponse qu'on m'ait jamais faite, ricane-t-elle d'une voix soudain désagréable.

– Où se trouvent mes amis ?

– Pas très loin, répond-elle de façon évasive en montrant du doigt un pavillon.

Sans attendre son congé de la femme, il se dirige au pas de course vers le vieux temple grec restauré. Il perçoit des voix de crécelle fuser de l'intérieur. Dans un énorme bassin lustral, d'horribles personnes se baignent tandis que d'autres, tout aussi laides, reçoivent des massages de serviteurs dociles et dolents, ou encore se font nourrir comme s'ils étaient des nourrissons. Parmi ceux qui servent d'esclaves, il reconnaît son amie Zaza !

– Votre présence met en danger notre style de vie, soutient la vieille dame qui arrive par-derrière d'un pas traînant.

– Pourtant, remarque Pixie avec justesse, c'est grâce à nous que vous jouissez de ces plaisirs.

La femme retire son chapeau d'un geste ample. Son visage hideux, couvert de plaies mal cicatrisées, tombe presque en lambeaux. Des bouts de peau se détachent et se boursouflent à vue d'œil. Son crâne taché de son arbore de longues et rares touffes de cheveux blancs. Au bout de ses mains décharnées à la peau translucide dansent de longs doigts aux ongles bleus et striés. Sa bouche édentée souffle une haleine nauséabonde. Son regard vitreux se rive sur le garçon.

– Je te mange tout cru ou tu deviens mon esclave ? Ah ! Cronos revit en moi.

Médusé, Pixie recule d'un pas. Il reconnaît alors la créature de son cauchemar. Son corps vacille. Le terrible rêve devient réalité !

Les autres mutants interrompent leurs activités et se mettent à rire joyeusement. Certains ne se privent pas pour rabrouer leurs esclaves. Comme elle ne porte plus attention à ce qu'elle doit faire, Zaza reçoit une vilaine gifle sur le nez. Elle grimace de douleur et se remet à masser les pieds de son nouveau maître.

La vieille femme pousse Pixie en avant. Elle l'oblige à s'asseoir sur un tabouret, près de l'eau. Il baisse la tête.

– Regarde-moi.

Le garçon obéit avec grand-peine, tant la créature lui répugne.

– Tu t'y habitueras, toi aussi.

Du coup, il déteste ce jardin où grâce, mépris et perversité se côtoient avec tant de nonchalance. Là, dans ce havre, sur une terre inconnue et verdoyante, il ignore ce qui se passe dans le reste du Système solaire. Il n'est qu'un prisonnier de guerre, un esclave qui ne sait à quoi s'attendre. À quels caprices de ses hôtes devra-t-il se plier ?

Autour du bassin, les affreuses créatures s'assoupissent peu à peu. Les esclaves ne bougent toutefois pas. Ils craignent de troubler leur sommeil et de subir leurs récriminations. Mais Pixie glisse du tabouret et s'approche discrètement de Zaza. La jeune fille, figée de peur, crispe les mâchoires en le voyant si près.

– Zaza, murmure-t-il tout en guettant la réaction des autres. Comment vas-tu ?

Ses yeux s'emplissent de larmes. Elle se penche vers lui.

– Je dois le laver, l'enduire de crème, l'habiller, le nourrir… Il m'a dit que je devais embrasser ses pieds chaque fois que je me comporterais mal…

Le garçon avise le maître de Zaza. Le gros homme en sueur est enveloppé de bourrelets disgracieux qui cascadent vers le sol. Ses pieds noirs et croûtés empestent.

– Qu'est-ce que ce sera, ensuite ? poursuit-elle, la larme à l'œil. Sa main ? Sa bouche ?

– Je ne sais pas, Zaza. Je ne sais même pas ce qu'ils sont au juste. On dirait qu'ils souffrent tous de putréfaction avancée. Ils ne présentent pas de caractères biologiques nouveaux…

Zaza approuve. Mais pourquoi alors l'ensemble du Système solaire les appelle des mutants ?

– As-tu vu Hub ? reprend Pixie à mi-voix.

– Non, pas depuis mon arrivée, murmure-t-elle d'une voix brisée par l'émotion. Personne n'a vu Romie non plus.

Pixie revient en douce sur ses pas. Il attend en silence le réveil de celle qu'on surnomme Cronos. Son regard tombe sur son bracelet. Ses prunelles s'illuminent. Coach ! Pourquoi n'y a-t-il pas pensé plus tôt ? Il reste peut-être encore une chance qu'on les sorte vivants de cet Éden trompeur. Il active le nano-ordinateur qui affiche un visage virtuel reconstitué à neuf. Pixie appuie sur quelques touches et commande le mode *écriture*. À toute vitesse, il envoie un message au hasard, comme une bouteille à la mer :

Sommes tous vivants, attendons renfort.

Sur le petit écran, le visage de Coach sourit, preuve que le signal de détresse a été enregistré.

Toujours endormie sur la chaise longue, Mme Cronos remue un bras. Un pan de son peignoir glisse. D'étranges traces de crayon rouge apparaissent sur la peau craquelée de son ventre. Pixie s'étire et en voit d'autres qui ornent sa gorge. Soucieux, il fronce les sourcils.

Au courant de l'après-midi, des gardiens à la mine austère dirigent les jeunes esclaves dans les corridors souterrains de leur nouvelle prison. On enferme les garçons dans une pièce longue et étroite, et les filles dans la suivante.

Pixie pivote sur lui-même. De petits carrés de céramique tapissent le sol, les murs ainsi que le plafond. Des crochets sont fixés d'un côté, des pommeaux de l'autre. Une dizaine de drains garnissent le plancher. On dirait un immense cube sanitaire.

– Déshabillez-vous ! leur ordonne-t-on.

Les garçons se dévisagent avec malaise. Jamais personne ne les a vus complètement nus, hormis leurs parents. Même lors d'activités sportives, au centre académique, ils utilisent des cubes et des vestiaires individuels. La nudité constitue la seule intimité permise par l'Union.

– Obéissez ! tonne de nouveau la voix.

Extrêmement intimidés, les jeunes consentent néanmoins à se dévêtir. Ils suspendent leurs combinaisons aux crochets. Ils se retournent ensuite, tête basse et mains jointes devant leur sexe. Au même moment, un jet d'eau s'échappe des pommeaux métalliques. Oubliant un peu leur pudeur, ils se frictionnent le corps et la chevelure lorsque le liquide savonneux glisse sur eux.

Pixie tapote son bracelet. Coach est à l'épreuve de l'eau. Mais est-il à l'abri des contrôles auxquels on pourrait le soumettre ? Pourquoi ne l'a-t-on pas confisqué ?

Après le séchage corporel, les jeunes rebelles constatent que les crochets sont vides. On leur a volé leurs combinaisons ! Nus comme des vers, les garçons commencent à s'agiter. Un gardien entre pour leur distribuer chacun un caleçon et de nouveaux chaussons qu'ils enfilent sans se faire prier.

Au sortir du cube communautaire, ils retrouvent les filles. La visite guidée se poursuit jusqu'à une salle où on les fait asseoir. À tour de rôle, on les invite à passer dans la pièce attenante sans qu'aucun n'en revienne.

Pixie fait la moue. Bientôt, Zaza aussi se lève. Avant de disparaître derrière la porte, elle lui adresse une œillade inquiète. Quelques minutes plus tard, on le convoque à son tour. D'un pas craintif, il entre dans le cabinet. Trois personnes en combinaison blanche, debout autour d'une table d'observation, le toisent d'un œil sévère.

– Couche-toi ici.

Les yeux du garçon ricochent sur les objets. Deux gardiens l'empoignent alors par les aisselles et l'installent de force sur la table. Pixie gémit au contact du métal froid. Une main s'abat sur sa poitrine et l'oblige à s'allonger sur le dos. On dirige au-dessus de lui un puissant faisceau lumineux, tandis qu'on lui sangle les membres. La lumière l'éblouit. Il ne réussit plus à distinguer les traits de ses nouveaux tortionnaires.

– Faites un prélèvement et analysez-le, entend-il dire.

Sans avertissement, un objet se met à gratter la peau de son bras. Le garçon gémit malgré lui. On applique ensuite sur la plaie un bandage enduit d'une crème apaisante. Après une dizaine de minutes d'auscultation minutieuse, il perçoit un bruit de pas qui s'approchent.

– Voici les résultats du prélèvement, annonce une autre voix.

Quelques secondes à peine s'écoulent avant qu'une troublante sentence soit rendue :

– Excellent candidat ! Je n'ai jamais rencontré pareille compatibilité. Mme Cronos sera ravie. Cet esclave est une mine d'or. Faites une marque ici.

Aussitôt, une pression est faite sur le ventre du garçon. Le bout d'un objet se promène sur sa peau par brefs à-coups.

– Ici aussi.

Incapable du moindre geste, Pixie ne réussit pas à voir ce qu'on lui fait. Le toucher désagréable cesse pour continuer cette fois son parcours sur le côté de sa gorge.

– Retournez-le.

Les mains desserrent les sangles, le basculent légèrement vers la droite.

L'objet poursuit sa course en sillonnant sa nuque.

Le jeune rebelle se rappelle les marques rouges qu'il a vues sur le ventre et la gorge de sa maîtresse. Ses membres se mettent à trembler. Se pourrait-il que les esclaves de cet abominable Éden soient en fait des donneurs d'organes ?

Peu après l'examen médical, Pixie retrouve ses camarades qui devisent plutôt calmement. Mais personne n'exhibe de tracés composés de fins traits rouges sur la peau. Pas même Zaza. On le dévisage avec un malaise croissant.

– Qu'est-ce que ça veut dire ? s'inquiète Zaza.

– Je n'en suis pas certain.

– Pourquoi es-tu le seul à porter ces marques ?

Le garçon se mord la lèvre. Ses compagnons l'observent, attendent sa réponse avec impatience. Ceux-ci n'offrent sans doute aucune compatibilité génétique avec les receveurs. Que va-t-il donc leur arriver ? Que va-t-il lui arriver ?

– Je l'ignore.

La jeune fille le regarde d'un air désemparé.

– Je n'aime pas ça ! Je crois que ça n'augure rien de bon !

Aussi angoissé qu'elle, Pixie la prend dans ses bras.

– Il faut garder espoir. Il le faut ! Tu entends ?

Des gardiens les séparent brusquement et amènent le garçon. Zaza tend les bras vers son ami.

– Non ! Laissez-le tranquille ! Je vous en prie ! Non !

Mais la porte se referme sur eux. Zaza, le regard perdu dans le brouillard, s'effondre sur le sol et éclate en sanglots.

Pendant ce temps, on conduit Pixie dans une autre aile. Il n'oppose aucune résistance. À quoi cela servirait-il ? Il préfère plutôt observer ce qui l'entoure.

Ainsi, il remarque que les gardiens ne portent pas d'armes. Il n'y a pas non plus de contrôles de sécurité où ils doivent s'identifier par empreintes. Étrange… Comment assurent-ils la sécurité ? S'ils n'ont pas pris la peine de confisquer les bracelets émetteurs, sans doute savent-ils que les nano-ordinateurs ne seront d'aucune utilité. À moins qu'il ne s'agisse d'une forteresse naturelle imprenable. À moins qu'un immense champ magnétique, tel un bouclier invisible, ne ceinture les lieux et empêche les intrusions physiques ou informatiques non désirées.

Les gardiens l'introduisent enfin dans un curieux dortoir. Plusieurs lits s'entassent les uns à côté des autres. Les malades – ou esclaves génétiques ? – dorment, abrités sous des tentes à oxygène. Une multitude d'appareils électroniques les entourent. Leurs respirations chuintantes effraient Pixie.

Les gardiens lui indiquent un lit, puis le laissent à lui-même. Un tintement métallique attire alors son attention. Il aperçoit un adolescent qui lui sourit à travers la tente de plastique.

– Depuis quand es-tu là ? prononce faiblement le malade.

– Hier, je crois, répond le nouveau venu sans certitude. Et toi ?

– Longtemps. J'ai arrêté de compter.

Tant de questions se bousculent dans la tête du jeune Sélène qu'il ne sait par laquelle commencer.

– Nous sommes les donneurs, les esclaves. Eux, ils contrôlent le Système solaire…

– Qu'est-ce que tu dis ? s'indigne le rebelle. Ce ne sont que des loques humaines !

L'adolescent secoue la tête. Une terrible quinte terrasse subitement son corps amaigri. Il tend un doigt en direction de Pixie.

– La liberté, c'est dans la tête et le cœur. Rappelle-toi toujours ça… La tête et le cœur…

Son souffle rauque s'interrompt un moment. Ses yeux se révulsent, puis se ferment. Sa tête glisse légèrement sur l'oreiller. Sa respiration reprend son cours normal au bout de quelques secondes.

※

Pixie prend paisiblement son repas au cœur du merveilleux jardin surplombant la vallée. Le soleil se couche peu à peu, tandis que la brise se lève. Les ombres des colonnes ioniques s'allongent. Il respire l'air à pleins poumons. Derrière lui, il entend le bruit de pas frôlant la mosaïque de galets. L'affreuse Mme Cronos vient s'asseoir à ses côtés.

– Vais-je mourir ? lui demande-t-il.

– Mourir ? Il est absolument hors de question que tu meures ! Tu vas vivre. Et moi aussi.

– Pourriez-vous me dire ce qui se passe ici ?

Elle pince un peu les lèvres.

– Je n'y vois pas d'inconvénient, même si cela ne fait pas partie de mes habitudes.

Elle se lève et, malgré un léger vacillement, déploie les bras.

– Quel âge me donnes-tu ?

– Je ne sais pas. Vous êtes… vieille. C'est tout ce que je peux dire.

– Pourtant tu as tort. Je ne suis pas vieille, mais *très* vieille. Je suis née en l'an de grâce 1944. Fais toi-même le calcul.

Le garçon écarquille les yeux. Cent trente-six ans ! Comment cela se peut-il ?

– Il y a longtemps, raconte-t-elle, j'étais généticienne. Mes recherches portaient sur l'ADN. Elles ont largement contribué au déchiffrement du génome humain. L'idée de repousser les limites de l'humain, d'atténuer les effets du vieillissement, de vivre éternellement me fascinait. Malheureusement, la communauté scientifique n'a pas cru en ma fontaine de jouvence. Elle n'a pas eu le courage de me décerner le prix Nobel. On m'a dénigrée, on m'a exclue. Mes collègues prétendaient que mes manipulations génétiques, mes greffes d'organes surabondantes et le clonage de cellules souches relevaient de l'inconscience. Hum ! Ils ne sont plus là pour voir à quel point ils se trompaient.

La femme plus que centenaire fait une pause. Se tête balance légèrement, comme au rythme d'une musique lointaine.

– Ah ! les crétins ! Mes recherches et mes applications avaient fait du bruit. Plusieurs richissimes dirigeants de la planète sont venus me voir en secret. Ils m'ont priée de leur offrir l'éternité. Ils avaient bâti des empires financiers colossaux à la sueur de leur front et ne voulaient pas laisser cet héritage à des incapables. Notre association s'est révélée fructueuse. Ils se trouvent ici. Tu les as déjà rencontrés. Mais à l'époque, l'environnement se précarisait, devenait instable. Les bidonvilles pullulaient partout sur la planète. Sans compter l'effet toujours pervers des guerres et des épidémies. À quoi servait notre immortalité si nous ne possédions plus d'endroit pour habiter ?

Nous voulions vivre notre éternité tout en jouissant des beautés de la Terre. Afin de protéger l'Éden, et de nous protéger de nos semblables, nous avons alors forcé l'exil du genre humain. Nous avons saisi la chance incroyable de rebâtir la Terre et d'agir en véritables Homo Sapiens, c'est-à-dire avec sagesse.

Une larme glisse sur la joue de Pixie.

– Savez-vous ce que c'est que de vivre en atmosphère de composition, d'être constamment épié et contrôlé, de ne pouvoir rêver ?

– Lorsque la PIP fonctionne adéquatement, ajoute-t-elle avec froideur, les astrocitoyens croient au bonheur que nous leur offrons. Ils ne se posent pas de questions. Cela seul compte. Nous avons créé pour eux une société parfaite, idéale. Et lorsque leurs racines terrestres se manifestent et les rendent nostalgiques, nous brandissons l'ombre effrayante des mutants et celle des rebelles. Le retour sur Terre devient impossible, voire périlleux. Grâce à nous, la planète bleue redevient l'Éden florissant qu'elle était autrefois. Cette œuvre est digne des Titans !

– Sans doute, intervient Pixie, piqué par les propos de la femme, mais grâce à nous, vous vivez. Vous nous devez tout !

Cronos éclate d'un rire méchant.

– L'Union est l'unique empire de tous les temps à être aussi performant, car ses véritables dirigeants, en vivant au-delà des limites prévues par la nature, offrent la meilleure continuité possible. La société solaire ne connaît pas de rupture.

– En acquérant l'éternité, vous avez perdu toute humanité. Ce n'est pas votre inconscience que condamnaient vos semblables, autrefois, mais bien votre vanité, votre narcissisme.

– Tu ne devrais pas montrer autant de résistance, petit. C'est fatal pour le cœur. Quand on ne peut changer une chose, il faut se contenter de l'accepter. Bonne nuit.

Elle se retourne et s'éloigne d'un pas lent et lourd.

Le ciel s'empourpre. La nuit tombe sur la vallée. Pixie s'apprête à se lever de table quand Coach s'illumine. Le bracelet affiche en rafale une suite de mots dont il ne comprend pas le sens :

Mont Olympe, sismicité captée, magnitude élevée, ondes de choc à prévoir dès 01:23:37 s...

L'écran s'éteint. Le garçon a beau secouer le nano-ordinateur en tous sens, Coach reste muet.

Chapitre VII

Le séisme

Dans le dortoir sombre, Pixie ne réussit pas à trouver le sommeil. Il guette le moindre bruit, se tourne d'un côté, puis de l'autre. Ses membres s'agitent, son visage crispé se bariole d'inquiétude.

Il regarde les ombres projetées par les tentes à oxygène. Il ne veut pas finir comme ces hommes ni ces femmes. Pourtant, on le lui a dit : demain il subira sa première opération. On lui prélèvera de la moelle épinière, car la santé de cette Cronos maudite le requiert. Le garçon tremble d'angoisse. Il déteste cette femme barbare et ceux qui l'accompagnent dans cette horrible éternité.

– Accepte ce que tu ne peux changer..., maugrée-t-il entre ses dents. Et
elle ? Elle ne s'est jamais résignée à l'idée
de mourir ! Alors pourquoi devrions-
nous le faire ?

*Rappelle-toi : la liberté se trouve dans le
cœur et la tête...*

Pixie se redresse. Tout le monde dort.
Les esclaves biologiques ont-ils encore la
force de rêver ? Que voient-ils derrière
leurs paupières closes ? Sans doute
songent-ils à leur famille ou bien à la
dernière belle chose qu'ils ont vue avant
d'être enfermés ici : le jardin surplombant la magnifique vallée.

Le garçon tapote l'écran de son
bracelet. Il joue avec des touches. Il lui
demande de repasser son message de la
soirée, de lui dire ce qu'il signifie.

*Surveillance des ondes, système non
sécurisé, détection de virus...*

Cela ne lui en apprend pas grand-
chose. Au bout d'un moment, le sommeil
le gagne enfin. Le garçon commence à
somnoler lorsqu'on le secoue douce-
ment. Il grommelle quelques mots in-
compréhensibles et enfouit sa tête dans
l'oreiller. La secousse s'arrête, reprend,
puis s'intensifie peu à peu. À tel point

que les pattes du lit crissent sur les carreaux du plancher. Il ouvre les yeux. Les ombres vacillent, les appareils électroniques s'entrechoquent. Le tremblement de terre prend soudain une magnitude démentielle.

Les néons du dortoir s'illuminent, clignotent rapidement avant de se décrocher du plafond et de se fracasser sur le sol. D'extraordinaires flammèches rougeoient dans le noir. Les appareils se renversent, les lits se déplacent d'un côté, la pièce se soulève de l'autre. Pixie tente de s'agripper, mais il est projeté sur les lits de ses compagnons de chambre.

Le plancher ondule telle une vague et se fissure. Un bruit infernal retentit. L'intensité de la secousse monte encore d'un cran. Les murs se disloquent. Un nuage de poussière envahit la chambre commune. La terre se calme peu à peu.

Aussitôt, une violente explosion souffle le toit du dortoir. Une colonne de flammes illumine la nuit. Sous le choc, Pixie ose à peine bouger. Dans le ciel, il voit poindre la lune à travers le panache de fumée transportée par le vent. Il passe une main tremblante sur son visage ruisselant de sueur. Il repousse quelques objets, à la recherche de survivants. Sans l'aide des respirateurs artificiels ou des appareils électroniques, les esclaves n'ont cependant pas survécu.

– Si au moins ils avaient pu voir le ciel étoilé, murmure Pixie avec tristesse.

Le garçon escalade un mur et parvient au sommet, là où le toit s'appuyait. Il pivote légèrement sur lui-même. À la ronde, son regard ne rencontre que désolation. La pleine lune éclaire les pavillons éventrés. Des foyers d'incendie brûlent ici et là. Une pluie fine se met à tomber. Sur le rebord du plateau, une vingtaine de gardiens et de médecins courent en désordre.

– Par ici ! crie l'un d'eux à ses collègues.

Un à un, ils sautent et disparaissent en contrebas.

– Regardez là-bas ! fait l'un des hommes en montrant Pixie du doigt. Il y a un esclave !

De nouveau, un faible soubresaut agite la terre. Le garçon déploie les bras pour conserver son équilibre.

– Il est libre maintenant, dit simplement un médecin.

Sans ajouter un mot, il prend la clé des champs et entraîne son compagnon avec lui.

Le jeune rebelle, perché sur le mur du dortoir, entreprend de descendre. Près du sol, son pied s'enfonce dans une fissure et il tombe à la renverse sur l'herbe noircie. Il tâte ses membres. Par miracle, il n'a que des égratignures.

Tandis qu'il se remet sur pied, un craquement sourd résonne au-dessus de sa tête. Le chapiteau d'une colonne toujours debout se détache et glisse vers lui. Il fait un bond de côté et regarde le gros bloc de pierre s'abîmer à une dizaine de centimètres de lui. Il soupire d'aise. Il l'a échappé belle.

Pixie se rend lui aussi à l'extrémité du plateau. Il découvre un sentier étroit qui semble mener à la vallée. Les cailloux du terrain accidenté pointent à travers la mince semelle de ses chaussons. La pente, abrupte par endroits, fait souffrir ses genoux. Il s'arrête un instant.

— Eh! oh! crie-t-il à l'attention des gardiens et des médecins. Y a-t-il quelqu'un?

Pas de réponse. Il reprend sa route, trébuchant sur les obstacles qu'il discerne mal. Au bout d'un long moment, le sol devient plat, se couvre d'herbes. Les épis de la vallée lui caressent la peau. L'ombre gigantesque de l'Olympe se dresse dans son dos. La pluie cesse. La nuit silencieuse l'enveloppe.

Le vent frais se lève. Sa combinaison mouillée le fait grelotter. Il regarde alentour. Rien. Personne.

– Je suis seul…, murmure-t-il, désespéré. Je suis seul !

En prononçant ses mots, il repense à son amie.

– Zaza ! s'exclame-t-il.

Le garçon gémit malgré lui. Son besoin de survie le préoccupait tant qu'il en a oublié la jeune fille. Il serre les poings et se frappe les cuisses.

– Quel égoïste ! Je dois aller la sauver !

D'un pas décidé, il s'aventure dans le sentier menant au plateau supérieur. Le sol vibre une fois de plus. La secousse s'amplifie, de même que le sourd grondement qui l'accompagne. Pixie vacille. Ses bras font de larges moulinets pour éviter la chute. Ses ongles grattent l'écorce d'un arbre sans y trouver appui. Il s'affale de tout son long en travers du sentier. Sa tête heurte une roche, ses paupières papillotent.

– Pardonne-moi, Zaza, souffle-t-il avant de sombrer dans l'inconscience.

Tandis que la terre s'assoupit, l'écran de Coach s'illumine. Un message s'affiche :

Champ magnétique interrompu, envoi des messages.

❋

Quelque chose lui chatouille les lèvres. Sa joue tressaute, ses paupières closes se plissent davantage. Il tourne la tête mais la chose s'entête à suivre sa bouche.

– Réveille-toi, Pixie.

La voix douce et familière le tire du néant. Le garçon ouvre les yeux. Gabriel, accompagné d'un chien du bunker qui s'amuse à lui lécher la figure, sourit. Le jour s'est levé. Prof, Vector, Hub ainsi que d'autres rebelles mangent une bouchée à côté des jeeps.

– Bois. Ça va te fouetter les sangs.

Le blessé obéit. Il se redresse un peu et attrape le gobelet tendu par le vieillard. Le liquide chaud lui procure une agréable sensation de bien-être. La douleur de ses muscles s'envole en un rien de temps. Pixie remarque qu'il porte une combinaison longue. Un pansement enserre sa tête.

– Je croyais ne jamais vous revoir, Gab. J'ai eu si peur.

– Les secousses sismiques ont provoqué la déstabilisation du bouclier magnétique. C'est à ce moment que ton Coach nous a prévenus. Sans lui, nous ne t'aurions jamais localisé.

Pixie se masse le cou.

– Qu'est-il arrivé à votre expédition ?

– Une tempête de sable a détruit nos repères. Quand nous sommes revenus, il ne restait plus que Hub. Grâce à vos bracelets émetteurs, il a été en mesure de suivre votre itinéraire au-delà du désert. Mais lorsque vous avez pénétré le bouclier, tout s'est éteint.

L'air inquiet, Prof s'approche d'eux.

– Où sont donc tes compagnons ? Et Romie ?

– Sur le plateau au-dessus de nous. Beaucoup ont péri.

Le visage de l'homme se contorsionne de douleur.

– Il y a sûrement des survivants, indique Vector. Allons voir.

Les rebelles montent à bord des jeeps. Pixie accompagne Gabriel. Ils remontent le sentier sinueux et accidenté pour déboucher sur le plateau. Là, une scène désolante s'offre à eux.

Les pavillons aux allures de temples antiques se sont effondrés. Les belles colonnes, renversées, s'étalent sur le sol en gros blocs épars. Les splendeurs du jardin n'existent plus. Les sentiers de mosaïque, retournés par endroits, ne laissent plus voir leurs charmants motifs. L'endroit répand un étrange parfum de fin du monde. De la fumée s'élève encore, ici et là. Quelques pans de mur, noircis par l'incendie, montent toujours la garde.

– Qu'était cet endroit ? demande Vector, incrédule.

Pixie descend de la jeep et marche en direction du rebelle.

– L'Éden…

– Je ne comprends pas, fait Prof.

– C'est ainsi qu'ils nommaient leur résidence.

– Qui ça, *ils* ?

– Les maîtres du Système solaire, des êtres centenaires et immensément riches qui ont chassé l'humanité insouciante et qui lui ont fait construire des tours d'ivoire dans l'espace. Depuis la Terre, ils régnaient en secret sur l'ensemble du Système solaire. Ils se sont eux-mêmes modifiés génétiquement au fil des ans pour vivre éternellement. La réalisation de cette ambition nécessitait cependant la présence d'esclaves, de donneurs d'organes qu'ils faisaient enlever à leur insu. Ce sont les *mutants* que nous redoutions tant, même s'ils n'en sont pas vraiment.

– On dirait plutôt qu'ils aspiraient à devenir les nouveaux dieux de l'Olympe, note Gabriel.

Les rebelles acquiescent en silence. Avec mille précautions, ils enjambent les décombres et, par groupes de cinq, recherchent les survivants. Ils fouillent les nombreux pavillons détruits, dont celui abritant le dortoir des donneurs d'organes. Ils découvrent les corps inertes d'hommes et de femmes de tous âges, coincés sous les appareils électroniques. Ils inspectent les dépouilles qui ont subi maintes opérations. À certaines il manque un œil, un rein. D'autres ont des bouts de peau écorchée. La majorité d'entre elles sont d'anciens rebelles disparus mystérieusement.

– Quelle abomination ! affirme Prof, qui peine à réprimer un haut-le-cœur et imagine le pire pour son épouse. Comment des êtres humains peuvent-ils infliger ce calvaire à d'autres ?

– Leur âme est enfin libre, murmure Pixie.

Les hommes mettent un genou en terre et font une courte prière à l'intention de leurs amis.

– Nous devons leur donner une sépulture décente, propose Vector, la larme à l'œil.

– Plus tard, décide Prof. Trouvons d'abord les survivants.

Les recherches reprennent. Suivant les indications de Pixie, ils dégagent des débris et, munis de puissantes torches électriques, accèdent aux souterrains.

– Faites attention, commande Prof. La structure ne paraît pas solide.

Ils parcourent ainsi quelques mètres lorsqu'ils débouchent sur le dortoir des jeunes rebelles. Tous vivants, n'arborant que des égratignures ou des ecchymoses, ils sautent dans les bras de leurs sauveurs. Prof enlace Romie en pleurant de joie. L'homme pose la main sur le ventre de sa femme.

– J'ai eu une hémorragie lorsqu'ils nous ont capturés, mais je vais bien. Le petit est bien accroché !

Prof couvre le visage de son épouse de baisers. D'un rapide coup d'œil, Pixie constate l'absence de Zaza.

– On venait de me reconduire ici quand un garde est venu la chercher, déclare Romie. C'était avant le premier tremblement de terre. Son maître la demandait.

Pixie grimace. Que pouvait bien vouloir ce gros homme adipeux en pleine nuit ? Le garçon ne se pose pas longtemps la question. Depuis la surface, une équipe de secours les interpelle :

– Nous avons trouvé les mutants ! annoncent-ils d'une même voix.

Les rebelles se fraient un chemin à travers les ruines. Non sans difficulté, ils finissent par regagner la surface. Tandis que Gabriel s'occupe de panser les blessures des jeunes, les unités de recherche se regroupent pour investir le repaire des mutants.

La petite bande d'odieuses créatures se tient tapie dans l'ombre, comme des animaux apeurés pris au piège. Les dirigeants du Système solaire, conscients que le pouvoir leur échappe, désirent négocier leur reddition. Mais les rebelles n'ont pas le cœur à parlementer. Aussi les mettent-ils en joue pour les forcer à sortir.

— Rien ne sera décidé aujourd'hui, décrète Prof. Chose certaine, vous êtes nos prisonniers. Je crois que le temps est venu de rétablir le Tribunal des crimes contre l'Humanité.

L'annonce fait trembler d'effroi les créatures.

— Nous pouvons sans doute nous entendre, mon ami, susurre l'obèse en sueur. Nous sommes prêts à débourser tous les crédits nécessaires pour aménager vos quartiers sur une partie de la Terre. La planète est bien assez grande pour nos deux clans, n'est-ce pas ? Quel hémisphère préférez-vous ?

Prof le repousse sans ménagement. Les bourrelets de l'homme s'agitent en tous sens sous son pagne.

— Tu n'as rien compris de ce que j'ai dit, hein ? Tu aurais dû te faire greffer des oreilles !

La brusquerie des propos ahurit le gros homme. Incrédule et déchu, il se laisse cependant emmener vers la sortie. Pixie s'approche de lui.

– Vous avez demandé à un des gardiens de vous amener Zaza, la nuit dernière. Où se trouve-t-elle ?

– Je ne sais pas. Cela m'importe peu.

Hub touche le bras de l'homme qui s'offusque de la familiarité du geste.

– Votre collaboration pourra jouer en votre faveur, lors du procès.

L'obèse le toise d'un air hautain. Ses lèvres demeurent scellées. Une femme exhalant une forte odeur de putréfaction avance vers eux d'un pas chancelant.

– Même les êtres éternels ont besoin d'amour et de tendresse. Il voulait voir la petite, mais elle n'est jamais arrivée.

Pixie fronce les sourcils. Mme Cronos non plus n'est pas là...

✻

Durant une bonne partie de la journée, les recherches se poursuivent. Équipés de détecteurs de chaleur et de mouvement, les rebelles sillonnent les ruines. Ils trient les cadavres d'un côté, les prisonniers de l'autre. Ils interceptent dans la vallée une dizaine de gardiens et de médecins. Dans une salle souterraine, un groupe d'opérateurs court-circuitent de façon permanente le champ magnétique protégeant l'Éden. D'autres mettent la main sur le registre du bloc médical. Grâce à un examen minutieux, ils parviennent à identifier la plupart des personnes y figurant. Mais deux manquent toujours à l'appel.

Le soleil décline dans le ciel. Les fouilles cessent pour la nuit. L'établissement d'un bivouac devient la priorité. On monte les tentes, on va chercher des branches sèches pour faire du feu, on prépare la nourriture.

Hub s'assoit auprès de Pixie, resté à l'écart de ses compagnons.

– Ne t'en fais pas. Je suis certain qu'on va la retrouver saine et sauve.

– C'est moi qui l'ai entraînée dans cette aventure, reconnaît le Sélène avec une vive douleur.

– Ne te blâme pas. Tu ne pouvais pas prévoir comment ça se passerait, ici. Même nous, nous ignorions l'existence de cet endroit. Notre cause prend une tournure plus que positive. S'il est arrivé quelque chose à Zaza, dis-toi qu'elle n'aura pas péri en vain.

Pixie laisse tomber sa gamelle vide par terre.

– Tu commences par dire de ne pas m'inquiéter, et tu finis en prétendant qu'au pire, elle deviendra une héroïne ? Et moi qui croyais que tu l'aimais !

Hub renifle et baisse la tête.

– Il y a longtemps que j'ai compris le sens du mot *sacrifice*, tu sais.

Mais l'ancien colon d'Upsilon ne veut pas abandonner si près du but.

– Connais-tu la portée maximale des détecteurs de chaleur et de mouvement ?

– Un kilomètre environ. Pourquoi ?

Il lève la tête vers la Lune et l'observe avec intensité.

– Nos fouilles se sont limitées au plateau. L'Olympe, c'est le nom de cette montagne, la demeure des dieux de la Grèce antique, n'est-ce pas ? Où fuirait quelqu'un qui se prend pour une déesse, si ce n'est sur le toit de sa propre maison ?

– Et Zaza ?

Le garçon hausse les épaules. Il n'est sûr de rien.

– Mme Cronos ne peut rien faire toute seule. Elle nécessitera les services d'une esclave pour survivre.

Gabriel, qui écoutait leur conversation sans se faire voir, s'approche.

– Si cette femme se prend pour le Titan Cronos et a l'intention de manger chacun de ses fils afin d'assurer son règne, alors nous deviendrons Zeus et nous lui survivrons.

Les deux garçons, ignorant tout de la mythologie grecque, se lancent une œillade perplexe.

✳

Le lendemain, à la première heure, une quinzaine de rebelles s'apprêtent à orienter les fouilles vers le sommet de l'Olympe.

– Mme Cronos se traîne à petits pas, mentionne Pixie. Elle a dû faire de nombreuses pauses, ce qui limite la distance parcourue.

– Portez attention au moindre indice, renchérit Gabriel, lui aussi de l'expédition. Branches cassées, empreintes dans le sol, bouts de tissu déchirés... Ouvrez les yeux. Ne vous fiez pas qu'aux détecteurs.

Les hommes montent à bord des jeeps et empruntent divers sentiers. Les véhicules roulent à vitesse réduite afin que les membres de l'expédition scrutent les routes à la loupe. Au moment où le soleil atteint son zénith, une des unités de recherche transmet un message aux autres :

Empreintes de roue, suivre signal, attendons en position.

Aussitôt, les jeeps bifurquent vers le signal émis par l'unité. Une heure plus tard, les rebelles parviennent au point de rencontre. Gabriel et Prof examinent les traces fraîches. Le vieillard prend une poignée de terre, la hume, puis la laisse filtrer entre ses doigts.

– Elle est plus loin que nous le pensions. Allez, en route !

Sans prendre le temps de manger, les hommes suivent le sentier à la queue leu leu. Bientôt, les détecteurs de chaleur corporelle et de mouvement indiquent deux silhouettes à cinq cents mètres en aval. Désireux de la surprendre, ils effectuent le reste de la route à pied. Ils découvrent presque aussitôt une jeep abandonnée dont l'essieu est cassé. Les rebelles marchent encore un peu. À travers les branches des arbres commençant à se raréfier, ils repèrent la vieille femme, assise sur un rocher près d'un escarpement. Tout en reprenant son souffle, elle tient Zaza en joue avec une arme à feu.

Prof et Vector, les meilleurs tireurs du groupe, se positionnent. Ils visent le canon de l'arme pointé sur la jeune fille. Au signal convenu, ils tirent.

Le coup retentit. Des oiseaux prennent brusquement leur envol. Mme Cronos lâche l'arme, qui décrit une brève trajectoire dans les airs avant de percuter le sol, à quelques pas d'elle. Surprises, le ravisseur et son otage pivotent en direction des rebelles. Zaza se précipite dans les bras de Pixie et de Hub. La maîtresse du Système solaire exhibe un affreux rictus.

Comme les rebelles se resserrent autour d'elle, l'odieuse créature se redresse et traîne la patte jusqu'à l'escarpement. Elle s'étire le cou pour regarder en contrebas.

– Attendez ! lance Gabriel. Nous n'avons pas l'intention de vous tuer. Un juge impartial décidera de votre sort.

La femme le jauge un instant en plissant un œil.

– Ô fils ingrats ! Nous avons assuré l'avenir du genre humain au-delà de cette planète que vous malmeniez. Vous avez éliminé près de la moitié des espèces animales et végétales ! Grâce à nous, la Terre renaît chaque jour un peu plus. Nous vous avons expulsés de l'Éden afin d'en prendre soin. Notre immortalité, bien que parfois douloureuse, et les moyens de l'atteindre garantissaient la pérennité de notre projet. Que ferez-vous de cette deuxième chance qui vous échoit de réussir le défi écologique de cette planète ? Je ne veux pas y assister. Je ne crois pas en vous. Nul tribunal ne me jugera. Je laisse cette besogne à la nature dont j'étais l'amante. Je meurs, l'esprit tranquille. Et libre !

D'un mouvement grave, elle se détourne du groupe de rebelles et fait un pas dans le vide pour plonger vers sa fin.

Épilogue

« UNE AUTRE histoire qui finit bien !
annonce le lecteur de nouvelles du
bulletin spécial, diffusé sur tous les moniteurs du Système solaire. Le méga-procès
des douze dirigeants secrets de l'Union
vient de se terminer. Après un peu plus
de trois années d'enquête et d'auditions,
les membres du jury ont rendu leur ver-
dict de culpabilité tôt ce matin, sur la station spatiale Prima. Nous connaîtrons
bientôt les détails de la sentence qui
risque de les envoyer croupir sur le satellite pénitentiaire *Terminus* pour le reste de
leurs jours. Certains astrocitoyens cri-
tiquent déjà ce prononcé puisque, selon
eux, la réclusion physique des criminels

contre l'Humanité ne durera pas longtemps et ne poursuivra donc pas les principes d'exemplarité et de rétribution. En effet, l'état de santé des douze criminels s'est beaucoup détérioré. Leur espérance de vie, bien qu'ils soient tous centenaires, ne dépasserait pas les cinq ans, selon les experts interrogés. Rappelons que toute cette histoire controversée a débuté en 2080 alors qu'un Sélène de dix ans, Pixie, habitant la colonie Upsilon, avait eu maille à partir avec l'ancien gouvernement Union en raison du dysfonctionnement de sa PIP. L'épisode de rébellion, connu sous le nom de *Paradigme 87*, s'était vite résorbé. Cependant, le garçon avait réussi à tisser des liens secrets avec certains détracteurs de l'Union. Quelques mois plus tard, Pixie rejoignait ses amis rebelles sur Prima. Passagers clandestins à bord d'une navette de ravitaillement, le groupe a débarqué sur la Terre et c'est à leur insu qu'ils ont mis à jour l'Éden, paradis terrestre de ceux que nous appelons tous encore familièrement les *mutants*. Aujourd'hui âgé de quatorze ans, Pixie vit sur la planète bleue en compagnie de sa famille. Nul doute que le jeune homme se trouve à l'origine du rétablissement des anciens états, de l'abolition des contrôles biotechnologiques qui aveuglaient les astrocitoyens ainsi que de l'émergence de gouvernements multiples qui respectent mieux la diversité des êtres humains et leurs libertés… »

✳

Le précieux or bleu s'écoule à l'infini. Le dos lustré des baleines fend les eaux salées du fleuve. Des vaguelettes viennent lécher les galets de la plage. Il jette un coup d'œil autour de lui. Personne. Que cette vaste forêt, non loin, qui constituait autrefois les Appalaches du Bas-Saint-Laurent. Avec une certaine pudeur, il retire ses vêtements. Nu, il avance et enjambe les vagues fraîches du début de l'été. Son pendentif aux pointes argentées rebondit sur son torse.

Un, deux, trois et hop ! il plonge tête première. Il nage sous l'eau, tantôt sur le dos, tantôt sur le ventre. De petites bulles d'air sortent de ses narines. De retour à la surface, il agite dans la brise ses cheveux mouillés. Sa langue goûte le sel déposé sur ses lèvres. Non loin, sur le rivage parsemé d'éoliennes, il aperçoit une jeep. Il reconnaît les membres de sa famille et les salue de la main. Ils lui répondent avant de s'éloigner.

Pixie revient à la brasse puis fait quelques pas sur la plage. Il enfile ses vêtements qu'il presse contre lui pour s'éponger. Il saisit quelques roches, les inspecte avec minutie puis les rejette à l'eau. Une deuxième jeep émerge sur sa droite.

– Viens ! dit Hub en souriant. Nous avons une société à rebâtir.

– J'arrive.

Le garçon monte à bord. Il fait la bise à Zaza et tapote l'épaule de son ami. Comme la jeep reprend sa route, Pixie présente son visage buriné au souffle chaud du vent. Sa tête dodeline. La liberté de la Terre l'enivre.

La jeep remonte un sentier. Les galets se transforment peu à peu en pavé brisé. De chaque côté, le sable devient de hautes herbes folles. Les ruines d'une ancienne ville, balayée jadis par les ogives nucléaires ou les soubresauts imprévisi-

bles de la nature, s'amoncellent en désordre depuis des décennies.

Le cri des hirondelles de mer faiblit,
des chats jouent à saute-mouton par-
dessus les détritus. Dans le ciel, aux côtés
du soleil resplendissant, un fin quartier
de lune sourit.

Table

Collection « Girouette »